Chibimohu muichan no mezase boukensha eno michi
ムイちゃん
オレはムイちゃん。
病弱少年だったけど、
2度目の人生では
レッサーパンダ獣人に
転生したよ!
リア
リア婆ちゃん。
オレを助けて使い魔に
してくれたよ。
神竜族の
トップなんだって!
フラン
リア婆ちゃんの
3番目の息子で
ムイちゃん憧れの
冒険者だよ。
変身!
コナス
ナスの妖精コナスだよ。
元気がないと萎れるから
たまにお水をあげようね!
ハスちゃん
迷い犬だったハスちゃん。
目を離すと何かをやらかすから
がんばって躾をしているよ!
JN227915

「ムイちゃんは、
ムイちゃんです！
リア婆ちゃんの
つかいまなの！
よろしくね！！」

「ラウ！　余計なことを言うな」
「……あ、ああ。リストが変だったのは、これか」

ムイちゃんの愉快な仲間たちを紹介するよ

C H A R A C T E R S

ラウ

筋肉ムキムキな
リア婆ちゃんの2番目の息子だよ。
将軍をやっているんだって。

リスト

とってもエリートな
1番上の息子だよ。
宰相をやっているんだって。

クシアーナ

4番目の息子で
キレイなものが大好き。
芸術家をしているみたい。

ノイエ

5番目の息子で
ボサボサ頭の研究家だよ。
へんじんなんだって!

プルン

迷子になっているところを
ムイちゃんが見つけたよ!
パンダ獣人!

ルシ

リア婆ちゃんの先輩使い魔。
ムイちゃんの
教育係でもあるよ。

白モフ

ハスちゃんと一緒に
いた迷い犬。
とっても品があるよ!

CHIBIMOHU
MUICHAN

ちびもふムイちゃんの目指せ冒険者への道

優しい家族に囲まれて2度目の人生も幸せです

小鳥屋エム

Illust.
わたあめ

目次

プロローグ

オレは大人になる前に死んだ。覚悟はしてた。生まれた時から体が弱くて、しょっちゅう入院してたんだ。最後の方は病院で暮らしてたといっても過言じゃない。

その反対に姉ちゃんたちは強かった。体は丈夫どころか頑丈で、部活や体育祭で活躍した話を何度も聞いた。頭もよかった。いい高校、大学、会社に入って親戚中の自慢だ。オレとは全然違う。けどね、オレは捻《ひね》くれることなく生きられた。当の姉ちゃんたちがオレを大事にしてくれたから。父さんや母さんもだよ。みんな忙しいのに毎日のように病院まで来てくれた。申し訳ない気持ちと裏腹に嬉《うれ》しかった。それは本当。

末っ子が可愛いと猫かわいがりされてたし、大事にもされてた。

ただ、時々窮屈だった。家族全員が過保護だったからひとりでなんてどこにも行けない。みんながオレを可哀想《かわいそう》だと思っていた。迷惑を掛けてるなぁって気持ちもあった。だから可愛《かわい》がられるまま過ごしてた。

次はもうちょっと自由でありたい。そう願った。

何故《なぜ》か次があるって思ったんだよね。

輪廻転生《りんねてんしょう》って言葉があるぐらいだし。

死ぬのが怖い人たちが作り上げた幻想かもしれない。だけど希望だもん。オレみたいに若くて死ぬのは、やっぱり悲しい。救いがないよ。だから、信じてるっていうのが近いかも。

そんなこと死の間際には考えてなかったけどさ。

意識が朦朧《もうろう》としていたし、もうダメなんだってことだけで、あとはただ家族を悲しませたくないなってことぐらい。


でも、願いって叶《かな》うんだね。

オレは転生した。

しかも、異世界に！


……ただ、何故か人間じゃなくて動物に生まれ変わってたんだよね。なんでだろうね？

第一話　異世界転生したらモフモフだった

なんとなくだけど、神様っぽい人から「この世界に転生させてあげるよ」と言ってもらったような記憶はあるんだ。

だけど、目が覚めて気付いた瞬間から記憶がどんどん抜け落ちていった。

今では「夢だったのかな？」という気持ち。

むしろ夢であってほしい現実が目の前にあった。思考停止してる間は現実の時間も止まっててほしいよね。

ていうか、なんでオレの手に毛が生えてるんだろ。ちっこい手をひっくり返して見ようとしたら転がっちゃうし。そしたら空が見えて、太陽の周りにふたつの衛星とか。

あ、異世界だ、って理解できた。

そんなことより目の端にチラチラ見えるモフモフの毛が気になった。茶と黒のしましま模様。

制御不能な感じだけど、明らか、オレに連動して動いてるよね？

たぶん、尻尾だ。

「きゅんっ」

尻尾、って叫んだら、きゅんって……。

そうね。分かった。理解した。

ただ、理解したのと納得とは別ってこと。オレは途方に暮れてしまった。

だって赤ちゃんだよ。獣の赤ちゃん！　鳴き声が可愛いったらない。

姉ちゃんたち、ごめん。オレ、生き物の中の最下層にいるみたい。長生きするって約束したのに。

『俺、来世では健康で長生きして幸せになるから、泣かないで』

『バカ。今、長生きして幸せになってよ』

『そうだよ、むっちゃん』

『それより、むっちゃんに〝俺〟は合わないよ。少し前まで〝僕〟だったのに』

『ほんとだね。いつの間に〝俺〟って言うようになったの』

まだ意識があった頃、こんな会話をした。

姉ちゃんたち。来世はあったけど、残念ながらオレはちっこい動物になっちゃったよ。

あと、オレはオレなの。

姉ちゃんたちは「大人ぶりたいお年頃ね」って笑ってたけど、本当ならオレも高校生だったんだから。

ああ、でも本当にどうしよう。せっかく生まれ変わったのにな。

今のところ怖い獣には出会ってないものの、森の中だから安心できない。

オレはどう見たって食物連鎖の下の方っぽい小ささで、モフモフの尻尾からして可愛い。危険動物じゃないと思うんだよ。

「きゅん……」

困ったな。どうしようかな。そもそも親はどこにいるんだろ。はぐれたのかな。

不安でうろうろ歩いていたら茂みがガサガサと音を立てた。思わず毛が逆立った。人間だと鳥肌だ。オレは後ろに歩こうとして、ころんと転がり座った。

あ、もうダメ。

ギュッと目を瞑《つむ》った。すると――。

「おや、妙な気配がすると思ったら」

人の言葉だ‼

オレは「きゅん！」と鳴いて、目を開けた。

そこには、背の高いナイスバディな女の人が変わった服装で立っていた。露出の高いアオザイみたいなやつ。

人間に出会えて嬉しくて、思わず尻尾が勝手に動くんだけど見上げるのがつらい。顔がよく見えなくて、でもここで人間に拾ってもらえないとオレたぶん死んじゃう。

必死に駆け寄って、足下にまとわりついた。

「おや……。あたしを怖がらないとは珍しい。親は、いないのか。子離れの時期にしては早いようだが、餌として攫《さら》われてきたのかねぇ」

「きゅんっ」

「ふふ。案外、可愛いもんだ。こういうのも、ひとつ持っててていいかねぇ」

オレはこの時、ちゃんと女の人の言葉を聞いておくべきだったんだ。

でも、森の中に突然、小さな手足の獣で放り出されてるという事実はパニックになっても仕方ないよね？

うん、パニックになるのも当然だ。

けど、やっぱり冷静だったら違ってたと思う。

ただ、じゃあ異世界の森の中で生きていけたかって言われたら絶対無理。オレ、チートでもなんでもなかったし。普通に生まれたての獣だったもん。

その後、オレは女の人に首根っこを掴《つか》まれてぶらんぶらんされながら家に連れていってもらった。

そこで言われたんだ。

「あんた、あたしの使い魔にしてやるよ」

「きゅん？」

「使い魔になったら話せるようになる。魔法も使えるようになるだろうね。どうだい？」

「きゅん‼」

魔法魔法‼

オレはもう尻尾を目一杯振ったとも。話す方はどうでもよかった。意思疎通ができるなら、そっちの方が大事なのにね。その時のオレにとっては「魔法」の言葉だけが耳に入った。

ていうか、魔法に憧れない子供はいないよね？　一度は考えるよね！

そう、オレだって何度思ったことか。ベッドの中から「スマホこっち来い！」と命じたことが何度もある。

病院の窓から空へ飛び立つ空想もしたよね。あと、念力でリンゴを割るんだ。


オレはもう「きゅんきゅん」鳴いて、尻尾を振りに振った。

女の人は顔の前にオレを持ち上げて、ニコニコと笑った。

こと、ここに来て、オレは彼女の全体像を知ることになったんだ。

「きゅん？」

「ふふ。あたしの角が気になるのかい？」

「きゅぅ」

「おや、尻尾が垂れたね。今更、怖がってもどうしようもないよ。あんたは、もうあたしのものさ」

褐色肌に白く長い髪。頭にはネジネジした角。イケメンっぽいキリリとしたお顔。その下の体はナイスバディなんだけど……。

あの、それってもしかして筋肉ですか？

チラッと横目で女の人の腕を見た。それから、オレを持ち上げている右手を。

二の腕が、盛り上がってる？　肩が、山になってる？

お胸はかろうじて隠れてるけど、もりもりっと盛り上がってるよね！

あの、もしかして、あなた様は鬼か何かでしょうか？

＊＊＊

オレは結局、わけの分からないまま「使い魔」にされた。契約の魔法を使ったんだって。光の鎖みたいなのがふたりを取り巻いたの。それはすごかった。

でも、喋《しゃべ》れるかっていったら喋れなかった。当然、魔法だって使えるわけなかった。

「そうだよね。あんた、まだ生まれたてのようだ。赤ちゃんじゃ話せないか」

そう言うと女の人は、オレを手下に渡した。「あんたが面倒みな」と言って。

手下の人はオレと同じ「使い魔」なんだと思う。

言葉が理解できてるからオレもそれほど不安にならずに済んでるけど、これ、普通に怖いことじゃない？

だって、オレを受け取ったの、ごつい蜥蜴《とかげ》顔の魔物みたいな奴《やつ》だからね！

普通に「食べられそう！」って感じの顔なんだから。

ていうか、使い魔って魔物のこと？　どうしよう。オレ、魔物だったのかな。こんな愛くるしい、もふもふの尻尾持ちなのに。


不安に思いつつも、だからってどうしようもない。

オレは蜥蜴さんにされるがまま育った。

この時はまだ女の人の正体は分かってなかった。赤ちゃん相手に誰も説明してくれなかったからだ。

この蜥蜴顔の使い魔先輩は雄（男？）なのに、ルシって可愛い名前だった。

愛称になるんだ。呼び名とも仮の名とも呼ぶんだって。

ていうのも、生き物は育つと神様から「真名」が与えられるから。真名は誰にも言っちゃいけないらしい。縛りの強い契約だとか、結婚の時に使うんだって。真名は魔物だろうと何だろうと付けられる。オレが思うに、神様にとっての個体識別番号じゃないのかな。

ちなみに魔物は普通に獣のことだった。魔法を意識して使える獣を魔物っていうらしい。

魔物って悪い奴じゃなかったんだね。よかった！

そんな風に、オレはルシから徐々に学んでいった。赤ちゃん時代は右も左も分からなくて「きゅんきゅん」しか言えなかったよね。でもある日、そう、拾われて一年経《た》つか経たない頃にピコーンと気付いた。

たとえば使い魔が何か。これは、お使いのできる人の魔物バージョン。人間なら使用人ってことになるのかな？　魔法が使えない普通の獣だったらペットと呼ぶんだと思う。たぶんね。

真名の話もルシがお勉強の時間に教えてくれた。なるほどぉ。

あ、お勉強って言っても絵本の読み聞かせがほとんどだよ。ついでに雑談があったの。ちゃんとした言葉を早く喋らせたかったんだと思う。

せっかく使い魔にしたのに人の言葉を喋られないのって困るもんね。何より、お使いができないもん。

もっと切実な問題もあったみたい。

実はオレには呼び名がまだなかった。なんでも「意味のある言葉を喋ったら、それに由来した名前にしよう」と決めていたんだって。


オレ、知らなかったんだ。

使い魔にしてくれた女の人、つまり「主《あるじ》」が、オレに仮の名を付けるのを面倒がっていたことなんてさ。

必死でこの世界について学んでる最中だったんだ。そもそも、お勉強ってよりは子育てされてる感じじゃん。ピコーンとなるまでは、ふわふわ赤ちゃんだったんだよ！

そのせいで名前が、オレの名前が……。


その日、オレは「昆虫にも魔法は使えるのか」と疑問に思った。

「ムイムイ！　ムイムイいりゅね！　ムイムイ、まほ、ちゅかえりゅ？」

ルシだけだったらよかったんだけど、運悪く、いたんだよね。

オレの主が。

「おや、ムイムイか。面白いね。ふむ。これでいいんじゃないかい？」

「そうですね、リア様。では、この子の仮の名はムイムイとしましょう」

「そうだね。案外と可愛いもんだ」

「はい。よかったな、ムイムイ」

「ふぇっ……」

そんなの嫌だって思っても、上手《うま》く伝えられない。

ハンガーストライキで意思表示しようかとも思ったけど、何しろオレは赤ちゃん。

結局、妥協案として縮めた名前をプッシュした。

「ムイちゃんは」

「ムイちゃん！」

「ムイちゃんのこりぇは――」

連呼することでオレの愛称は「ムイ」になった。

正式の仮の名（なんだそれ、意味不明だよ）は「ムイムイ」のまま、再契約されたのである。

＊＊＊

名付けの件が衝撃的すぎて、赤ちゃん時代なのにちゃんと覚えてる。

それからはまあ、徐々に記憶もしっかりしてきた。この世界についてもなんとなくだけど分かってきたよ。

ここはやっぱり異世界だった。地球とは全然違う世界。だって魔法があるもんね。

すごいのは、契約したおかげで魔物になったから当然魔法も使えるようになること。ただの獣とは違う。獣のままだと寿命は短かった。今はルシと同じで長生きになるの。大人になるまでは人間と同じぐらいの成長具合なんだって。だから一年経っても二年経っても赤ちゃん扱いなんだ。

オレの「子育て」はルシが一手に引き受けてくれて、蝶《ちょう》よ花よじゃないけど大事に育ててもらった。ご飯もお菓子もルシが作ってくれた。もうお母さんだよね。

まだまだ小さいから、オレはふわふわ平和に生きてた。

ところが「ムイちゃん」名付け事件以来の衝撃があったのだ。

やっぱりここは異世界。本を読んでもらって賢くなったつもりでも全然分かってなかった。

なんと、オレ、三歳で進化したのだ！　突然ポンと人型になったんだ。

「おや、ムイ。あんた、獣人族に進化したようだよ」

「めでたいことですね。ムイちゃん、今日はお祝いにしよう」

「ふぁ⁉」

進化って何だよ。びっくりだよ。オレ、最初は獣だったんだよね？　そこから魔物になって更に獣人族へ進化したってこと？

って、心の中で思ったものの、語彙が圧倒的に足りないオレはクルクル四つん這《ば》いで走り回って興奮を抑えた。

「あんた、獣人族になったんだから四つん這いは止《や》めな。ほら、人間の手足だと柔いだろうに。おいで」

オレは手を伸ばした。人間の手だ。毛がない。

「きゅん」

「人間の言葉で喋りな。ルシ、あんた共用語も教えているんだろう?」

「はい。舌足らずですが賢いですよ。進化が早いのも元がよかったせいでしょうね」

「ほう。そりゃ、いい拾いものだったね」

なんて、あくどい感じに話すけど、主はすごく優しい人だった。

あ、人じゃないや。

「リア婆《ばあ》ちゃん、ムイちゃんは『にんげん』になるの?」

「そうだよ。あたしの使い魔になっても、これほど早く進化することは滅多にないんだ。あんた、元々の魂の徳が高かったようだね。……どれ、視《み》てみるか」

自分のことを「リア婆ちゃん」と呼べと言うから、そう呼んでるけど、オレを引っ捕まえて目の前に掲げる姿は魔王みたい。

実際、魔王でもいいんじゃない?って思うんだよね。

魔法が使える生き物の王、で合ってるもの。

実はリア婆ちゃん、神竜族って種族なんだよ。竜の、その上の存在。神って付いてるから、当然めっちゃ偉い人なのだ。

オレ、超ラッキーだったんだよ。

神様に匹敵する存在に拾ってもらって、その手下に育ててもらったんだもん。

ただね、リア婆ちゃん、神すぎて下々の存在の扱いがたまにぞんざいなんだ。

今も人間の姿になったオレを自分の顔の前でぷらぷらさせている。重さを一切感じさせない力持ちなのだ。オレ、もう三歳なのにね。

「ふむ。あんた、前世の記憶があるのかい。おや。どうやら、誰からも愛されていたようだね。あんたの来世が幸せであるようにと祈ったようだよ。そのおかげで、ここへ来たんだね」

「しゅごい！　わかるの⁉」

「分かるとも。あたしを誰だと思ってるんだい？」

「リア婆ちゃん！」

しゅたっ、と右手を挙げると、リア婆ちゃんは笑った。

滅多に笑わないリア婆ちゃんなので、ちょっと変だけど。頬《ほお》だけ動かすのは逆に難しいと思うんだ。でも、ま、いっか。

「ムイちゃんがじゅーじんぞくになったら、にんげんのところにいってもいい？」

「あたしら以外の人間に会いたいのかい？」

「リア婆ちゃんはにんげんじゃないよね」

「広義では人間さ。その中に獣人族や鱗人族《りんじん》がいるんだ」

「……えっ。じゃ、じゃ、つるんつるんで『け』がないのは？」

オレには耳と尻尾があった。獣人族ってそういうこと。で、それ以外の人はいないのかなと思ったんだ。

リア婆ちゃんは「ああ」と気付いてくれた。ルシもぽんと手を叩《たた》く。

「只人族のことか。リア様、やっぱりムイちゃんは前世があるのですね。教えていない種族のことを知っているとは」

やっぱり普通の人間はいるんだ！　只人族って名前らしい。ツルツルなんだね。こんな素敵な尻尾がないのはちょっと可哀想。

「前世については、また聞いておあげ。そうだね、勉強の幅を広げようか。魔法の使い方も本格的でいいよ」

「わーい」

魔法の勉強だ！　そう、オレでも魔法が使えるのだ‼

って、喜んだのも束《つか》の間。

「ちゃんと使い魔の勉強もするんだよ。お使いのひとつもできなきゃ、使い魔とは言えない」

「……はぁい」

オレのふさふさ尻尾が項垂《うなだ》れた。

「おや、立派な尻尾が萎《しお》れているじゃないか。獣人族になっても分かりやすいねぇ」

そうだ、オレが何の獣人族かっていうとね。

「ムイちゃん、りっぱなしっぽのレッサーパンダ！　じゅーじんぞくでもかわいい！　やっぱりレッサーパンダはさいこうなの！」

リア婆ちゃんとルシは呆《あき》れたような、でも可愛いって顔でオレを見ていたと思う。

それから、オレは獣人族の中の小熊猫という種族なんだとルシに教わった。レッサーパンダという言い方はしないんだね。

オレの場合、リア婆ちゃんと使い魔契約したことで進化が早まった。ルシが蜥蜴から鱗人族へ進化するのに数十年かかったらしいから、オレ優秀。

……だと思ったら、単純に前世が人間だったからだろうって言われた～。

人間がどんなものか分かっていると変身しやすいよね！

ところで、獣人族っていうのは人の顔や体に獣の特徴がある人のことを言うんだ。

元々獣人族で生まれた人は獣の姿になれない。たまーに先祖返りって人がなれるらしい。

オレみたいな「徳を積んで獣から進化した」種は獣姿と人姿のどちらにもなれる。これも魔

法の一種。

オレの心や体が育ってきて自然と変身できたみたい。

その後、先輩使い魔のルシからビシビシ教育を受けて、自在に変身できるようになった。まだ洋服ごとの変身は上手くできない。だからルシがパラッと外れる服を作ってくれたよ。

変身自体はルシもオススメしてる。レッサーパンダの獣姿だと愛らしいし、人間姿だと細かい作業ができるから、いろいろお仕事の幅が広がるだろうって。

ルシは体が大きいし蜥蜴の顔だから、世間的にはちょっと遠巻きにされちゃうらしい。怖がられるんだって。

同じく、神竜族のリア婆ちゃんも恐れられてるそうだよ。

まあね。四十代ぐらいの凛々《りり》しいイケメン顔に筋肉モリモリの体、その上、頭にはネジネジの角だもん。怖がらない方がおかしいよね！

リア婆ちゃんには他にも使い魔がたくさんいるけど、可愛いのはいないらしい。

だから、とっても期待されているんだ。分かる。オレ、可愛いもんね。

といっても、まだ三歳。お勉強よりも遊びが大事なのだ。

＊　＊　＊

オレの遊び場は家の裏庭。

もちろん、家はリア婆ちゃんのだよ。大きいログハウスって感じ。前世で姉ちゃんたちが旅行先の写真を見せてくれたことがあって、それに似てる。外国の山奥にある木組みのホテルみたいなんだ。

結構広くて、お掃除とか手の回らないところだけルシが魔法でやっちゃう。基本的には自分たちでするよ。お料理もね。オレもお掃除をメインに習ってるところ。

ルシは他に、リア婆ちゃんの身の回りのお世話や家の管理を任されている。オレは小さいから簡単なお手伝いだけ。勉強が終わると自由時間。大体、午後からが遊びの時間だよ。

近くには綺麗《きれい》な川も流れてて、遊ぶのに困らない。おままごとしたり、ちょうちょを追いかけたり。畑もあって、オレには楽しいことだらけ。

あんまり遠くに行っちゃいけないのと、おやつの時間は守ること。それがルール。

獣人姿に変身すると、オレはルシの作った帽子を被《かぶ》ってレッツゴー裏庭。

「えっとー、まりょくがいっぱいあるのは、りゅうのひとでぇ、もりびとぞくは、みみがツンツンしてるのー」

地面に絵を描きながら復習する。森人族はたぶんエルフのことだね。

リア婆ちゃんの家にはたくさんの本があるけれど、イラスト入りが本当に少ない。文字ばっかりで説明されるから、前世で培った想像力（に漫画やネットの記憶）がなければ全然分かんないよ。

「ムイちゃんはー、じゅーじんぞくー。レッサーパンダのかわいいあかちゃん、じゃなかった、こどもー」

尻尾をふりふり木の枝で落書きしていると、影ができた。顔を上げたらルシが笑ってた。

「おやつの時間だよ」

「わーい！」

「それと、お客様だからね。おとなしくしていること」

「はぁい」

返事をして、それから両手を天に向ける。

ルシは、どうかしたら恐竜みたいに見えるお顔を震わせて、抱っこしてくれた。鱗人族って、見た目で損してるよね。よくよく見ると笑ってるのが分かるんだけど。

「全く、甘えん坊だね。赤ちゃんじゃないんだろう？」

「いいのー。ルシのまえではムイちゃん、あかちゃんだから！」

「ははは」

とまあ、甘やかしてくれるのだった。

裏口から家に入ると、台所横の小さな食堂に向かった。リア婆ちゃんが家にいない時や、おやつの時間はここで食べることになっているのだ。

リア婆ちゃんがいると広い食堂で一緒に食べる。

ルシはオレを子供用の椅子に座らせて、ドーナツの載ったお皿とミルクを出してくれた。

「わたしはお客様のお世話があるから、今日はひとりで食べるんだよ」

「うん。ルシもあとでおやつ、たべるよね？」

「食べるよ」

「だったらいいの。あのね、ムイちゃんがたべたらこうたいするからね！」

「そうかい。それはいいね。でも、ゆっくり食べなさい」

「はぁい！」

手を挙げて宣言すると、大好きなドーナツを掴んだ。ちまちまと食べながら、指に付いたお砂糖を舐《な》める。

うーん、幸せ！

汗を掻《か》いていたから、冷たいミルクがとっても美味《おい》しかった。

ファンタジーな異世界だったら食生活に困るんじゃないかって思ったけど、そんなことは全然なかった。

お砂糖を使ったお菓子もあるし、冷たい飲み物も熱い飲み物だってある。

醤油《しょうゆ》や味噌《みそ》っていうのはまだ出てこないけど、なくてもいいかなー。ご飯が普通に食べられるだけで幸せー。


食べ終わって椅子から飛び降りると、お皿とコップを背伸びして取り、水場に持っていく。

最近は自分の食べた食器だけでも洗うようにしているのだ。

オレの分だけ洗うのは木の食器だから。落としても安全！

リア婆ちゃんとルシのは陶器やガラスでできてるから危険なんだよね。

台所は大人用に作られてるから、オレ専用の三段になった台を使う。よいしょよいしょと上がって、予めルシが溜めてくれてた水で洗えば終わり。

もうちょっと大きくなったら蛇口にも手が届くと思うんだ。

本当は魔法があれば、こういうことはしなくていい。

でもリア婆ちゃんは懐古主義というか、魔法を使わない素朴な生活に憧れてるんだって。

ナニソレだけど、分かる気もする。

まあそれもこれも、魔法が使えるからこそ言えるんだ。

オレは魔法はまだ使えないから羨ましい。

獣人族は身体能力に優れているけど、魔法の方は全種族の中だと下の方であんまり使えないらしい。変身できたから本物の獣人族よりもマシだろうって言われてるんだけど……。

まだ本格的なお勉強が始まってないので早く使ってみたいな～。

洗い物が終わったから有言実行しようと、お客様がいる部屋へ向かう。

大きな食堂にはいなくて、いつもみんなで過ごしている居間にもいない。

オレはポンと変身してレッサーパンダになった。こっちの方が人型の時より鼻が利くのだ。

獣になっちゃったという衝撃はもう全然なくて、リア婆ちゃんに引き取られて以来この姿を受け入れてる。

むしろ、人型になった時の方が「あれ？」って思ったぐらい慣れ親しんでいるんだ。

で、ふんふん匂いを嗅ぐと、オレの中の探偵が答えを出した。

「リア婆ちゃんの、かんけいしゃ？」

なんだか匂いが似てる気がする。

リア婆ちゃんやルシよりオレの方が鼻は利く。

まあ、そうはいってもリア婆ちゃんは魔法が得意だから「近くに暴れ竜が来てるね」だとか「巨大熊がいるよ」なんてことにサラッと気付くんだけどね。

ルシも巨体のくせして、その二倍以上の巨大熊を素早く倒してしまうし、オレの勝てるところなんてひとつもないんだ。

ま、いいや。オレはまだ三歳。伸びしろたっぷりの男だからね！

「ムイちゃん、人型は止めたのかい？」

廊下にルシがいた。部屋から出てきたみたい。オレは急いで駆け寄った。

「きゅん！」

「ちょうどリア様がお呼びだった。おいで」

ルシが抱っこしてくれて、応接室に入った。落ちてしまった服はルシがサッと持ってくれる。まだどうしても一部が落ちちゃうんだよね。

応接室にはリア婆ちゃんがひとり用のソファでふんぞり返っていた。さすが魔王。じゃなくて、イケメン婆ちゃん。

その向かいに、褐色肌に白い髪のイケメン男が座ってる。こっちは本物の男だった。リア婆ちゃんに負けず劣らずのムキムキ筋肉だけど、ちょっぴり落ちるかな。

「リア様、ムイちゃんを連れてきました」

「ああ、こっちへおいで」

「きゅん！」

リア婆ちゃんはオレをぷらぷら掴むことも多いけど、リラックスしたい時はちゃんと腕の中で抱っこしてくれる。

あんまり柔らかいとは言えないけど、お胸の上に載せてくれるのだ。赤ちゃんの時はよく踏み踏みしたものである。だからエッチな感じは全然ない。本当に「お婆ちゃん」か「お母さん」気分なのだ。

……柔らかいお胸ならドキドキしたかもだけど。

あっ、リア婆ちゃんの目が怖くなった。平静平静。心を無にするのだ。

「ふふ、おかしな子だ」

「母上、その子が新しい使い魔ですか？」

「そうだよ。可愛いだろう」

「ええ、まあ」

イケメンはリア婆ちゃんの息子だった。そっくりの姿をしているのに、リア婆ちゃんの方が余裕があって魔王様みたい。角も一回り小さく見えるよ。ネジネジは同じ形だね。親子だからかな。

イケメン息子は魔王様というより、ビシッとした秘書っぽい。

「おや、どうした？　面白いことでもあったかい？」

「きゅん！」

「ふふ。あれは、あたしの息子さ。十分いい大人だってのに、いまだに妻を娶《めと》らずフラフラしているんだよ」

「そっ、それは！」

「全く、あたしの子供たちときたら誰ひとり、妻を見付けられないときた」

「うぐ……」

リア婆ちゃんたら、傷口を言葉で抉《えぐ》るんだから。やっぱり魔王様だよね。

＊　＊　＊

イケメン息子は、長い白髪の上部分をクルクルっと後ろでまとめてる。その姿はまるでエリート秘書みたい。我ながら想像力がすごいかも。三十代ぐらいに見えるイケメン息子を見て、むきゅむきゅ笑う。

リア婆ちゃんはオレをお胸に置いて撫《な》でてくれた。愚痴を零《こぼ》してるっぽいけど、手は優しいんだ。うふー。

そのうち開きになっちゃいそう。と、思ってたら、イケメン息子がじとっとした目でオレを見た。

「新しい使い魔を拾ったから忙しいとおっしゃっていましたが」

「そうさ。あたしだっていろいろと忙しいんだ」

「たまには国へお越しくださってもよろしいのでは？」

「嫌だね。あたしはドラゴルの国民でもなんでもないんだ」

あれ？

親子喧嘩《げんか》かな。リア婆ちゃんは全然気にしてないけど、イケメン息子の額《ひたい》がピキピキしてる。

オレはふたりの顔をキョロキョロ見て立ち上がった。喧嘩はダメだ。

リア婆ちゃんがまた何か言おうとしたので前足でむぎゅっとお口を押さえる。

「んんん、どうしたんだい、ムイ」

「きゅん」

「ふふ。あたしには分かるが、リストには通じないよ。そうだ、変身してごらん」

と言うので、オレはぴょんと飛び降りてから「むむっ」と力を込めた。いや、込めなくても変身はできるんだ。だけど変身シーンは大事。本当はポーズも考えた。さすがに恥ずかしいから今は止めとくね！

オレはポンと獣人姿になった。パンツは穿《は》いたままだった。オレの中の恥ずかしセンサーが発動したみたい。それ以外は裸ん坊だけど、三歳児なので全然オッケー、問題ナシ！

「……もう進化したのですか？　確か、拾ったのは下級の魔物でしたよね？」

「ふふ、この子は優秀だろう？」

リア婆ちゃんがオレを褒めると、イケメン息子はやっぱり不機嫌そう。

オレ、気付いちゃった。たぶん、余所《よそ》の子が褒められてるのが悔しいんだと思う。

その気持ちが分かってしまった。

前世の姉ちゃんたちは全員出来がよくて、両親も祖父母もみんなが褒めた。

ある日、お爺《じい》ちゃんが一番上の姉ちゃんの大学進学時にすごく褒めたんだよね。お前は偉い。

運動もよくできて頭もよくて、ってさ。あの時、オレだって同じように誇りに思ったのに、
ちょっぴり悔しかったんだ。オレも学校行きたかったな、運動もしたかったな、なんて考えた。

だからね、親や親しい人が余所の子を褒めたら、幾つになっても悲しいと思うんだ。


オレはイケメン息子のところに近付くと、ソファをよじ登って肘置きに立ち、頭を撫でた。

「だいじょうぶ！　リア婆ちゃんは、いけめんむすこもだいじだよ！」

「は？」

「リア婆ちゃんは、みためはこわいし、つよいけど。やさしいんだよ」

「あ、ああ」

「いけめんむすこのばしょは、だれもとらないからね！」

「いや、あの」

「ムイちゃんは、しょせん、ただのつかいまなの」

「は？」

だから安心したらいいんだよ。と、言いたかったんだけど、なんだかあまり伝わってない。

間抜けな顔でぽかんとしてる。イケメンがその顔はアウトだと思うよ。

オレはそっと、手で顎《あご》を持ち上げてあげた。

優しさはリア婆ちゃん譲りなのです。

するど、リア婆ちゃんが大笑いした。さすがイケメン、男らしい笑い方だ。がっはっは、みたいな。ちょっと違う？

「ムイ。ありがとうよ。この子はいい歳《とし》していまだにマザコンなのさ。長男だから厳しく育てたのがいけなかったのかねぇ」

「は、いや、母上。それは——」

「我が子なんだから大事なのは当たり前さ。リスト、あんただって分かっているんだろう？」

「あ、はい」

「だったら、三歳の子に慰められてるんじゃないよ。ったく。さあ、ムイ、こっちへおいで」

「はーい！」

ソファから飛び降りて、てってっと歩いてリア婆ちゃんに飛びつく。安定してるから、オレが飛びついてもびくともしない。さすがなのだ。

「ふふ。よしよし。あんたは賢いね。でも、だからかね。考えすぎなところがあるよ」

「ムイちゃんが？」

「そうさ。あたしはね、ムイのことを『ただの使い魔』だなんて思ってやしないよ」

「そうなの？」

リア婆ちゃんは「気付いていなかったのかい？」と、片方の眉をキリリと上げて、オレのほっぺをびよーんと引っ張った。

「あたしは使い魔たちを大事にしている。もちろん我が子だって大事さ。だけどね、使い魔も我が子同然なんだよ」

「そうなんだ～」

「そのせいで、リストはどうやら嫉妬をしているようだがね」

「いや、母上、そういうことではありません」

「だったら、毎回あたしの使い魔を睨《にら》み付けるんじゃないよ」

「……はい」

「弟たちに厳しくするのも、止めな」

「いえ、それは」

「なんだい。また兄弟喧嘩かい？」

そうではないと必死になって言い訳してるんだけど、なんだかどう聞いても兄弟喧嘩だった。

リア婆ちゃんには息子が五人いるらしい。それぞれ性格が違ってて、長男は頭はいいんだけど愛情に飢えたところがあるとかなんとか。

なるほどなー。腕を組んで、うんうん頷《うなず》いた。

何故か長男が変な顔だ。オレの腕が組めてないことに気付いたのかな。

イケメン息子は何度かお口をパクパクさせた後、オレに言った。

「さっきは、その、睨んだつもりはなかったのだが。すまなかった」

「ううん。ムイちゃんも、おじ、おにいさんのきずをあばくようなまねしてごめんね！」

「……おじさんって言いかけた？」

「おにいさん！」

自分の「あだ名」を決めた時のように、オレは強く口にした。「おにいさん！」です。間違いありません。

こういう時は言い切った者勝ちなのだ。

姉ちゃんが「社会に出るとね、そういう技も必要になるのよ」と病室で語っていたのです。勝ち誇った顔がかっこよかった。オレも姉ちゃんの技を使う時が来たのだ。

ふふん！

「その顔は一体……。いや、まあ、それはいいが」

「で、あんた結局、新しい使い魔の顔を見に来ただけなのかい？」

「本当は共にいらしてもらいたかったのですが」

「嫌だね。とっくの昔に別れた夫の国なんてさ」

んん？

「第一、今の王とは血縁でもなんでもないんだ。あの国に縁があるわけじゃない」

「それはそうですが。でも、今でも母上のことを皆が崇《あが》め奉っており――」

「そういうのが嫌なんだよ」

いろいろ複雑なことがあるみたい。リア婆ちゃん長生きらしいしね。

でもオレにとっては気になることがある。

「おにいさんのおとうさんは、そのくにのおうさまだったの？」

「いや。わたしの父上は王弟だったのだ。強い将軍として、他国を圧倒していた。とても素晴らしい方だった」

「ふぁざこんもこじらせてるかんじ？」

「は？」

オレは急いで首を横に振った。ぷるぷると、尻尾も揺れてしまう。

「むかしのことなの？」

「そうだ。竜人族だから長生きではいらしたが。代替わりが続き、今の王室と血の繋《つな》がりはない。だが、わたしは宰相として請われ、引き受けている」

胸を張って自慢げだ。そっか、お父さんみたいな将軍職には就けなかったけどインテリ宰相にはなれたんだ。それでかっこいいところをお母さんに見てもらいたいってことか。

分かる。オレ、分かるよ。

「はいっ、はい‼」

「なんだい、ムイ」

「ムイちゃん、おにいさんのくにに、いってみたい！」

部屋の端で立っていたルシが頭を抱えた。さっきから両手で何か合図してたんだけど、意味不明だった。でもこれなら分かる。

たぶん、「あちゃー」というパフォーマンスだね！

「ムイ、あんたリストが気に入ったんじゃなくて、人間が見てみたいんだろう？」

「えへ」

「そうだねぇ。あんたの人間姿も安定していることだ。一度行ってみてもいいかね」

「本当ですか、母上！」

「うるさい。大声で叫ぶんじゃないよ」

「いや、ですが、さっきはその使い魔だって」

「三歳の子供と自分を比べるのかい？　小さい男だね」

お兄さんはガクッときてしまった。なんだか憐《あわ》れだ。魔王様みたいなお母さんから「小さい男だ」と言われるなんて。

オレはもう一度、頭を撫でにソファまで駆け寄った。

＊＊＊

オレたちが住んでいるのは、誰の国でもない森の中。ここから一番近いのが竜人族の国になるんだって。リア婆ちゃんは空から「いい場所」を探したそうだよ。誰もいない場所がよかったんだろうね。たぶん「ここが自分の陣地！」なんて感じで選んだんだよ、きっと。

リア婆ちゃんは自由だもんね～。

ルシは尊敬してる主だから「さすがはリア様です」って家の場所について教えてくれた。

それはともかく、オレはとうとう人間のいる町に行けるんだ。めっちゃ楽しみ。

竜人族の国だって言ってたから只人族はいないのかな。

ちなみに「おじさん」も「お兄さん」も納得いかない様子だったので「リスト兄ちゃん」と呼ぶことにした。最初は「に、兄ちゃんだと？」と狼狽《うろた》えていたけど、後で「兄ちゃんか……」と口元がピクピクしてたのでデレたんだと思う。

リスト兄ちゃんの件はどうでもいいや。大事なのは初お出掛けが決定したこと！

そりゃもう、オレのテンションが上がるのは当然だと思う。

わーいわーいと走り回って、レッサーパンダになったり獣人族姿になったり。ころころ転がってたらリア婆ちゃんに怒られた。

「そんなに騒いでいたら行くのは止めるよ？」

オレはピタッと止まり、獣人姿に戻って右手をしゅたっと挙げた。

「おちついたの！」

「ふふ。尻尾はまだまだ動いているようだけどね？」

「これはしかたないの。とめようとおもっても、とめられないのがしっぽだから」

「そうかい」

「ムイちゃん、これは、べつのいきものかもしれないとおもう」

「ははは！」

大笑いする姿に、リスト兄ちゃんは目が零《こぼ》れ落ちるんじゃないかってぐらい驚いていた。

ルシがそっと教えてくれたんだけど、リア婆ちゃんは子供たちの前ではとっても怖い「お母さん」だったみたい。

そうだよね。魔王みたいだもんね！


ドラゴル国の王都へ行くのは翌日。

オレが興奮してるから一度落ち着かせるためなんだって。それに、ルシが「リア様のお子様に」夕飯をご馳走《ちそう》したいそう。リスト兄ちゃんは「そこまで言うのなら」と偉そうに頷いていた。

でもオレはもう知ってる。リスト兄ちゃんはツンデレ。

怖い顔をしても「作ってる」ようにしか思えなくなった。

だから普通に遊んでいい相手として認識した。

「あのね、これはムイちゃんのたからもの」

「ただの石のようだが」

「ちがうよ？　ほら、ここにとうめいのいしがまざってるの。ひかりをあてると、きれいなんだよ」

「そうか」

「これも、もっていくの」

「石は置いていってもいいんじゃないか」

「たからものだよ？」

旅のお供に必須。握って寝るんだ。


オレが「ぬすまれたらどうするの」と懇々と説明してあげると、リスト兄ちゃんは困った顔になった。そう言えば、リア婆ちゃんよりも表情があるね。

「母上の屋敷は、どの国の金庫よりも頑丈だ。破られる心配はない。強固な結界も張られているはずだ」

え、そうだったの？

オレがびっくりしていると、リスト兄ちゃんは「うむ」と偉そうに頷いた。

「屋敷だけではないぞ。周辺もまとめて結界を張っているはずだ。何より神竜族のトップに君臨する母上の近くに、そうそう盗人が来られるわけがない」

「そうなんだ！」

「お前は、最高の主を得たという自覚を持つべきだ」

「…………」

「どうした？　話が難しかったのか？」

「……ムイちゃん」

「うん？」

「ムイちゃんは、ムイちゃんってなまえなの」

本当はね、自分のことを「オレ」って言いたいんだけどね！

そんな言葉使っちゃいけませんって、何故かここでも言われたんだ。可愛くないんだって。

姉ちゃんたちも「きゃー、やめてー」って言ってたからね。

ルシなんて「可愛いうちは可愛い言葉で話すといいですよ」とアドバイス（？）をくれたんだ。可愛い姿の使い魔なんだから、それを生かすべきなんだって！

それに名前アピールで「ムイちゃん」「ムイちゃん」と連呼してたら癖になってしまった。

オレは三歳。だから名前呼びしてもいいのだ。

リスト兄ちゃんに、持てる限りの目力で伝える。オレは「ムイちゃん」なのだと。

「分かった、ムイちゃん、だな」

勝った‼

オレは喜んで、抱き着いた。リスト兄ちゃんは「わっ」とか「うおっ」と声をあげたけど、オレのことをちゃんと潰さないように抱っこしてくれた。


夜はルシと大騒ぎして、持って行く荷物を厳選してリュックに詰め込んだ。

こういう時のためにとルシが作ってくれていたリュックは小さくて可愛かった。ポケットがいっぱいあるのがかっこいい。ちゃんと物が入れられるようになってる。

「ルシ、ありがとー！」

「気に入ったのならよかった。さ、もう少し荷物を減らそうね」

「えー」

「玩具はそれほど要《い》らないだろう？　王都にも店はたくさんあるんだよ」

「だって、おこづかい、ないもん」

しゅん、となって尻尾も垂れてしまった。獣人姿でリュックを胸に抱えると、ルシがクスッと笑った。

「わたしが買ってあげよう。リア様にもお小遣いがもらえるようにとお願いしてみるよ」

「いいのかなあ。ムイちゃん、まだつかいまのおしごとできてないよ」

「仕事はまだまだ無理だろう。だが、リア様の使い魔がお小遣いもないだなんて変だからね」

「そうなの？」

「そうだとも。わたしも蜥蜴時代にお小遣いをいただいた」

「……まって。とかげさんが、どうやっておこづかいをつかうの？」

オレが疑問に思ったことを聞いたのに、ルシは「ぐわっしゃっしゃっしゃ」って大笑いして教えてくれなかった。待って、正解を教えてー！

それはそうと、ルシの笑い方、おかしくない？

第二話　王都に行こう

朝、いつもよりもシャッキリと目が覚めたオレは、前日から用意していたリュックを背負って玄関前に立った。

朝ご飯は王都で食べるんだって。だから起きたらすぐ行くことになっていた。

もうワクワクが止まらない。

ルシはオレを見付けると苦笑いしてた。リア婆ちゃんは「おや、珍しい」と眉を片方上げる。

いつ見ても、どんな格好してもリア婆ちゃんはイケメンだね。

リスト兄ちゃんが最後に起きてきたんだけど、オレが玄関前でうろうろしてるのを見て困った顔になってる。

「すまん、遅くなったようだ」

それを見たリア婆ちゃんはピクリと片方の眉を上げた。リスト兄ちゃんがそんなことを言うのは珍しいのかも。そんな感じがした。オレが早起きしたことより驚いてるんじゃないかな。

眉の上げ方が違うもの。たぶんだけど。

一晩経っても全然興奮が収まらないオレを抱き上げて、リア婆ちゃんは皆をまとめて「転移」の魔法で移動させた。

到着したのはリスト兄ちゃんのお屋敷。転移は行ったことなくても魔力の名残で分かるとかなんとか。よく分かんないけど！

とりあえず、転移用に使われる地下の広間から階段を上がって一階に到着。

そこには大勢のメイドさんたちが跪《ひざまず》いていた。

「白竜様がお出《い》でなさるとは存じず、誠に申し訳ございませぬ」

メイドさんたちの間を縫うように、すすすとやってきた執事っぽい格好の男性が話す。膝を曲げたままだから、すごいと感動してしまった。オレにはできない技だ。

たぶん、執事の鑑。

オレが変なところに感動していると、リア婆ちゃんは目を細めた。あ、これ、怖いやつだ。

「お止め。あたしが、そうした態度を嫌うと知っているはずだよ」

「これでもまだ、いけませせぬか」

「全く。あんたに子育てを任せたからリストは生真面目な子になったんだ。そっくりじゃないか」

「それはつまり、ご叱責と受け止めましてようございますか？　では、失礼いたしまして――」

そう言うと、どこから取り出したのか短刀をスチャッと……。

「それも、お止め」

リア婆ちゃんが呆れ声で止めた。

そのままリア婆ちゃんが手を振ると、執事さんの取り出した短刀がカランと床に落ちる。ていうか、本当にどこから出したんだろう。素早すぎる。

あと、切腹って、この世界にもあるんだね。

オレは流れについて行けず、ただただぼんやりと「おかしな」やりとりを眺めた。


我に返ったというか、流れをぶった切ってくれたのはリスト兄ちゃんだ。

執事さんを叱って、メイドさんたちに仕事へ戻るように命じた。

執事さんは秘書さんでもあるみたい。リスト兄ちゃんがお仕事の段取りを少しだけ話してから、こう言ったんだ。

「少しの間、母上が滞在する。秘書としての仕事もあるだろうが、母上のお世話を優先するように」

お話の最中、切腹しようとしてた秘書さんはすっかり元に戻って（これ切腹する気はなかったよね?）チラチラとオレを見始めた。

そうだよねー。ルシは自分の足で立っているし、リア婆ちゃんの使い魔だからお側に侍《はべ》ってるって感じ。なのに、オレときたら抱っこされちゃってるもんね。

話がようやく落ち着いたところで、オレはリア婆ちゃんに「降ろして」と腕を叩いて合図した。秘書さんの目がちょっぴり細くなって怖い感じだけど、全然平気。何しろもっと怖い人が、おっと、これ以上は考えちゃいけない。

オレはしゅたっと立ち、最初が肝心だからと元気よく挨拶した。

「こんにちは！　ムイちゃんです！　リア婆ちゃんのつかいまです！　えっと、まだみならいです！」

どう？　完璧じゃないかな。ふふふ。

オレは胸を張って秘書さんを見た。

「……は？」

リスト兄ちゃんと同じリアクションだ。リア婆ちゃんの言うことがとっても理解できた。リスト兄ちゃんを育てたのは間違いなく秘書さんだ。

使い魔は家族みたいなものだから主と一緒のお部屋になるらしい。秘書さんはとっても悩んだらしいけど、リア婆ちゃんの一睨みで最上級の客室を用意してくれた。

オレはルシに抱っこされてお部屋を探検。

離してもらえないのは、オレが何か壊すと思ってるからかな。別にいいよ。楽ちんだからね。

あっち、こっちと指差して進んでもらってるとロボットに乗ってる気分。

「うぃーん、がちゃ、がちゃっ」

「ムイちゃん、それは何かな?」

「ロボットのまねー」

「うーん、また分からない言葉を使っているね。習った言葉で話すようにするんだよ」

「はーい」

「ムイちゃんは、お返事はいいんだよね」

ルシは笑って客室の探検に付き合ってくれた。ここね、一軒家どころか二軒ぐらい入るよ。すごい。

一番大きな居間に戻ると、リア婆ちゃんがメイドさんに飲み物を入れてもらってた。

「ムイ、騒ぎすぎて喉が渇いたろう? 何が飲みたい?」

「んーと、んーと。くだもののジュースがいい」

「オレンジがあったね。あとは――」

「リンゴと桃がございますが」

「ムイちゃん、オレンジがいい!」

「だそうだよ。朝食は用意しているそうだから、少しお待ち」

「はーい。ありがとう、おねえさん!」

「……はい」

メイドさんが顔を背ける。あれ、オレ、もしかして嫌われてるのかな。

尻尾がしょんぼりになる。でも、平気なフリしてグラスを受け取ったよ。

「おいしーね」

「ムイちゃん、グラスは割れるから気をつけるんだよ」

「はーい」

「いや、お待ち。ムイ、こっちへグラスを寄越すんだ」

きょとんとするオレに、リア婆ちゃんは自分が立ち上がった。オレに「待て」の合図をする。犬じゃないんだけどなー。リア婆ちゃん、たまに手で合図するから。

リア婆ちゃんは固まったオレの前に立つと指を振った。

「これで、不壊の魔法がかかったよ。落としても大丈夫だ。ムイ専用のグラスだと分かるようにしておこうか。……あんた、芋虫が好きだったね。底に芋虫の柄を付けておこう」

「わぁ！」

「こら、傾けるんじゃないよ。絨毯《じゅうたん》に零れるだろ」

「あっ」

斜めになったグラスを慌てて持ち直し、そうっと腕を上げて底を覗《のぞ》こうとした。けど、短い手じゃ見えるわけがなくて。

そうだ、飲み干してしまえばいいんだと思いつき、ごくごく飲んだ。

その間、リア婆ちゃんもルシも笑ってオレを見ていた。


メイドさんもずっと一緒。表情が無。嫌われてるのかなと思っていたらそうじゃなかった。

「ムイ様、お代わりはどうですか？」

「もういいの。あさごはんがたべれなきゅなるから」

噛《か》んじゃったけど、三歳だからいいのだ。オレは気にしない。それより、もっと大事なことがあるんだ。

「あのね、ムイちゃんだよ」

「はい。はい？」

「ムイちゃんは、ムイちゃんなの」

「はい。あの」

メイドさんはリア婆ちゃんではなく、ルシの方を見た。そう言えばリア婆ちゃんとは目を合わせてない。雲の上の人ーって感じなのかな。それで、お側付きのルシを見たんだ。ていうか、どうしてルシを見るの？

「リア様も名前で呼んでおりますし、わたしも然《しか》り。ムイちゃんは、まだ小さいので、ぜひ『ムイちゃん』と呼んであげてください」

「は、はい！」

許可がいるんだ！　びっくりしたー。

考えたらオレ、リア婆ちゃんの使い魔だもんね。なるほどぉ。

あとね、メイドさんは怒ってたんじゃなくて、オレが可愛いので震えてたみたい。名前を呼んでもいいと言われて、ぱあっと笑顔になったんだ。ついでに、ルシが「朝食までの間遊んであげてもらえますか」と頼んだら「喜んで！」とオレを受け取ったの。めっちゃ優しい手付きだったよ。

それから従者が泊まる部屋でメイドさんとシーツ潜り遊びをして過ごした。

大きな食堂でも秘書さんに変な目で見られたけど、オレはいつも通りにリア婆ちゃんの隣で一生懸命食べた。隣にいると時々、美味しいのを分けてもらえるのだ。ルシが見てないうちにピーマンをこっそりリア婆ちゃんのお皿に入れることもできる。あ、今日はしないよ。人の目が多くてバレちゃうもんね。

食べ終わったら早速王都を観光するんだ。

部屋に戻ってリュックを背負って準備万端でいると、やっぱりルシに笑われてしまった。

リア婆ちゃんの前に立つと、ソファにだらっと寝転んで出掛ける様子がない。

「リア婆ちゃん、いかないの？」

「この後、二番目の息子が来るんだよ。面倒だけどね。森の家に来られるよりはマシだから待っているのさ。あんたはルシとふたりで観光しておいで」

「ムイちゃんたちだけでいってもいいの？　つかいまなのに？」

「使い魔でも自由はあるさ。ルシが一緒なのは、ムイがまだ子供だからだよ。ああ、そうだ。ルシに言われていたね。お小遣いをあげよう」

「いいの⁉」

いいとも。そう言って、指をパッチンと鳴らす。すると何もない空間から金貨が！

「わ、わ！」

「そら、ちゃんと受け止めるんだ。財布は持っているのかい？」

「ないよ」

「そうかい。ちょいとお待ち。確か、前に『破滅の三蛇ガラドス』で作った財布があったね」

なんだか怖いことを言いながら、時空魔法の「リア婆ちゃん専用物置」から財布を取り出した。

ポンと渡されたのは、まんま蛇柄の財布だった。お金は金貨や銀貨の丸い金属だけで紙はないみたい。だから、硬貨を入れるだけのお財布。

「小さいと思っていたが、ムイにはまだ少し大きいかね？」

「ううん。かっこいいの！」

「そうかい。じゃ、ムイにやろう。盗まれても戻ってくるようにしといてやるからね。ムイ専用の財布だ」

「わーい。ありがとう、リア婆ちゃん。だいすき！」

「ムイは大好きが多いねぇ」

頭を撫でて、オレに財布をくれた。黒い蛇柄の財布は男らしくてかっこいい。リュックに入れようとして、取り出しにくいことに気付いたからズボンのポケットに入れる。

でも、大きいから少しはみ出しちゃう。

うーん、うーんと悩んでいたら、ルシが革紐《ひも》を取り出して財布に細工してくれた。

「こうやって首に掛けて、ポケットに入れておけば大丈夫」

「うん！　ありがとう、ルシ」

「では、行こうか。リア様、行って参ります」

「ああ。楽しんでおいで。ルシもだよ？」

「ありがとうございます」

ルシもオレも、今日はちゃんとした格好をしてる。

ルシはいつもは作務衣《さむえ》みたいな形のお坊さんルックなんだけど、今日は着崩した騎士みたいな服を着てる。オレはちょいちょい変身するせいで普段は貫頭衣ルック。ワンピースみたいな服しか着たことなかった。

でも、今はお坊ちゃまみたいな服だよ。

白いシャツにサスペンダー付きの黒の半ズボン。お尻にはちゃんと尻尾用の穴もあるんだ。

ベストを着用してその上からリュック。ジャケットは着ないの。暑いし邪魔だから。

オレは見送ってくれるメイドさんや秘書さんに手を振って、ルシと手を繋いでお屋敷を出た。

＊＊＊

お屋敷は王都の中でも王城に近くて、オレが行ってみたい町中には程遠い。

ずーっと歩くのかなーと思っていたら、ルシが「辻《つじ》馬車に乗ろう」と言ってくれた。

本当はお屋敷の馬車も使っていいそうなんだけど、オレたち使い魔だし、偉い人の馬車は目立つんだって。

それで辻馬車を使って町に向かった。

馬車に壁はなくて景色は見放題だった。オレは「あれはなに」「これはなに」って質問しながら街の風景を楽しんだ。

下町でも少し治安のいい地区に到着すると商店街を歩いた。

竜人族の国だから、やっぱり竜人族が多い。だけど、ネジネジの角は控え目だった。

ルシにこっそり聞くと「リア様やリスト様は貴種であらせられますから」との答え。つまり、偉い人（？）になればなるほど、ネジネジも強化されるみたい。

竜人族以外の人も歩いてる。獣人族や角人族が多かった。角人族は竜人族と違って角が小さかったり細くて真っ直ぐ。額から一本だけって人もいる。竜人族以外の角あり種族をまとめて角人族と呼ぶみたい。

そんな中でも、只人族は見かけなかった。

「ねえ、あのひとたち、なんであんなかっこうなの」

「あれは冒険者だね」

「ぼうけんしゃ‼」

「そう言えば、ムイちゃんは冒険者の話をすると喜んでいたね」

「だって、ぼうけんだよ？」

「ははは」

子供が一度は憧れる職業じゃないのかな。

オレの目が興味津々だったからか、ルシは冒険者ギルドに寄ってくれた。

建物は西部劇に出てくる飲み屋さんっぽい。木製の二階建てで玄関扉がスイングドアになってるんだ。お爺ちゃんが古い映画好きで小さい頃によく見たんだよね。

中に入るとイメージ通りの冒険者ギルド。受付があって、お食事スペースが併設されてるの。他にも小さなお店とか、納品所みたいな場所がある。

「おー。かっこいい」

「あそこで依頼を調べて、受けたいときは紙を持って受付してもらうんだよ」

「わかるー」

「この間、勇者の物語を読んであげたからかな」

「おもしろかったの！」

「じゃ、今日は本も見に行こうか」

「ほんと!?」

「王都は本屋が多いんだよ。ムイちゃん向けの本もたくさん買おう」

「わーい！」

興味を別に移され、オレはギルドを後にした。

本屋さんでも大興奮で、オレは絵本をいっぱい買ってもらった。

あと、イラストがいっぱいの本も。薬草の本や魔物の生態に関する本はリア婆ちゃんの書庫にもあるんだ。だけど、もうちょっとね、イラスト～って感じのが見たかったの。

種族ごとのお洋服や装飾品に関するもの、幻想的な風景画を集めたもの。

ちょっと女の子っぽいものが好きなのは姉ちゃんの影響かな？

でも、ルシは何も言わなかった。

洋服も見たよ。買わなかったけど。

ルシが作ってくれるんだって。ルシは布や糸をいっぱい買ってた。オレが注文を付けるのが嬉しいから、欲しいものは自分が作るんだって張り切ってる。

屋台で買い食いもした。あれもこれも食べたいのに、オレの小さな体では食べきれない。しょんぼりしてたら、ルシがひとつずつ買って収納袋に入れてくれた。食べたいときに食べられるように、だって！

肉の串焼きや甘辛いタレの肉団子、ピリッとする揚げ魚を挟んだパンとたくさんある。

もちろん、お菓子も売ってたよ。もちもちの皮に包まれた餡《あん》の饅頭《まんじゅう》、揚げた丸いドーナツみたいなもの。果物を擂《す》り下ろしてから凍らせたシャーベットもあった。

屋台だけじゃなくて、お店にも入った。ガラス越しに見える色とりどりの飴《あめ》が気になったんだ。べたっと張り付いていたら、ルシに笑われてしまった。お店の人もニコニコしてた。

中に入ると、飴の専門店だって教えてもらった。いっぱいありすぎて何を選んでいいのか分からない。

興奮して見て回っていると、ネジネジの飴を発見した。

「ルシ、これ！　これがいい！」

「少し大きくないかな。ムイちゃんが食べるのは難しそうだよ」

「リア婆ちゃんにおみやげなの」

「ほほぅ、なるほど」

「リスト兄ちゃんにも、ついでに」

「ついで、か。ははは。じゃあ、どれがいいかな」

「うーんとね。このあかいやつ。ねじりぐあいがかっこいいのが、リア婆ちゃん。ほそくて、あおいのがリスト兄ちゃんね」

「角で判断しているのかい？　ひょっとして向きも同じものかな」

「そうだよ」

当然だよ、と胸を張って答えると、ルシだけでなく店員さんも笑った。

竜人族の子供も、この角っぽい飴が好きなんだって。それで必ず親と同じような形の飴を見付けるらしいよ。自分の角は小さいし、鏡でじっくり見ないと分からないもんね。


そんな風に町歩きを楽しんでいたオレたちなんだけど、そろそろ帰ろうかって話している時に迷い犬を見付けた。

毛並みが綺麗で賢そうだし首輪もしているからいいところの犬っぽいのに、なんだか薄汚れてる。ルシと変だねって話しながら近付いてみた。

「おいでー」

「わたしは離れていよう。どうも怖がられている」

「ルシ、いぬにまでこわがられちゃうの、かわいそー」

オレが笑うと、ルシは困ったように笑って数歩下がった。

尻尾を股の間に挟んでいた犬は、途端に尻尾を振りだした。

オレがおいでおいでと手招きしたら、すぐにやってくる。その時、細い通路から別の犬も出てきた。こっちは正真正銘の野良犬だった。だって汚れ具合がひどいんだもの。

「おともだち？」

「くぅん」

「わふっ！」

首輪の犬は「そうだよ」と言ってるみたいなんだけど、野良犬は何も考えていなさそう。なんていうのかな、見るからに分かるんだ。

この子、絶対、脳天気だ！ってのが。

……野良犬の見た目がハスキー犬っぽいから言うんじゃないよ？

最初から最後まで警戒も何もなく尻尾を振ってベロベロ舐めてくるのは、どう考えても「何も考えてない」よね。

「白モフちゃんと、はすきーちゃんね」

「ぉん？」

「わぉん！」

「おなまえ、とりあえずつけてみたの。白モフちゃんは、たぶんかっこいいのがあるとおもうけど」


この世界ではどんな生き物にも真名があるものね。ひょっとしてびっくりするような名前かもしれないんだけどね。

そうだ、名前についてだけど、生き物の種に大きな隔たりがあると理解できないようになってるんだって。たとえば、虫の名前はどうやっても読めないし口にすることもできないの。バグった文字みたいな感じかな？


「白モフちゃんは、まよいいぬだよね～？」

「くぅん」

「はすきーちゃんとは、まよってからともだちになったの？」

「ぉん」

「そうなんだー」


話しているとルシが近付いてきた。おそるおそるなのが面白い。

白モフはちょっぴり及び腰だけど、ハスキーは平気。全開で尻尾を振ってる。君、怖いものなんてないでしょ？

でも、とりあえず。

「ルシ、まよいいぬはどこにつれていけばいいの？」

「そうだね、町会に報告するのが一番なんだが」

その先を言わないのでオレが首を傾《かし》げていると、笑われた。

「倒れるよ」

そうだった。オレ、まだ子供だから頭が大きいんだ。

慌てて戻す。

ルシは考え込みながら白モフの首輪に手を伸ばした。白モフがちょっぴり怖がっていたから、大丈夫だよって意味でオレがニコニコ笑顔を見せる。白モフ、ホッとしたみたい。

「この子は貴族に飼われていたかもしれないね」

「そうなの!?」

それもそうかも。だって、明らかに高貴な犬っぽい。あ、ハスキーは違うからね。お前そんなに尻尾振ってもお貴族様は飼ってくれないと思うよ。

白モフは鼻筋が通っていて、お顔が細くて……。なんだっけ？　なんとかゾイって名前の犬に似てる。本当に貴族みたいな顔だから貴族が飼ってても不思議はない。

ただし、ルシが「貴族に飼われていたかも」と思った理由はそれじゃなかった。

「首輪に高価な石が使われているね。こんなものを犬に付ける平民はいない」

というわけで、一度連れて帰ることにした。

お屋敷の人なら貴族の犬について、どこに届けを出したらいいか分かると思う。何よりも、オレとルシが「この迷子の犬どなたのですか～」と聞いて回っても相手にしてくれない気がする。そもそも貴族の人は外に出てこないよね。

「はすきーちゃんもくる？」

「わぉん！」

だよねー。オレはルシを見上げた。ルシはやっぱり困ったような顔で笑うけど、ふうと溜息を吐《つ》いて「自分でリア様に頼むように」と言った。やった！

オレは「わふわふ」騒いでいる野良ハスキーの顔を小さい両手で挟んだ。

「はすきーちゃん、これから、とってもこわぁぁぁいひとのところにあいにいきます。そそうしちゃ、ダメだよ？」

「わふ？」

「とってもとっても、おそろしいからね！」

「わぉん！」

あ、これは分かってない。

そう思ったけど仕方ないよね。ルシもやれやれって顔だ。オレは一縷《いちる》の望みにかけた。

お屋敷に戻って秘書さんに事情を話すと、お犬様、じゃなくて白モフちゃんはメイドさんたちにドナドナされていった。丁寧に洗ってもらえるようです。

ハスキー？　厩舎《きゅうしゃ》担当のごつい男の人が裏庭でゴシゴシ洗ってくれました。

＊＊＊

さて、オレはリア婆ちゃんに町での楽しかった出来事をいっぱい語って、お話を盛り上げた。

ネジネジ飴も献上する。

これでもかって身振り手振りで説明して、リア婆ちゃんがニコニコになってるところへ本題を投下するのだ。

「でね、でね。まよいいぬといっしょにいた『のら』を、かいたいの！」

むふー。むふー。

鼻息荒く、ドヤッと宣言した。のだけど、リア婆ちゃんのお顔を見るのがちょっぴり、怖くてね。視線がどうしても定まらない。キョロキョロしちゃう。

……ふぇぇぇぇん。

怒ってたらどうしよう。オレはドキドキして、リア婆ちゃんのお顔が見れなくなった。

「ふふ」

「ぶふっ」

「ぐふっ」

笑ったのはリア婆ちゃん。でも、その背後？　近くで同じように笑った人がふたり。

誰⁉

オレが顔を上げると、リスト兄ちゃんと知らない男の人が立っていた。

首を傾げていたら、リア婆ちゃんがオレを呼んだ。

「ムイ。あんた、本当に飼いたいのなら、ちゃんとあたしの目を見て言うんだよ。悪いことでもしているみたいじゃないか」

「わるいこと、してないよ！」

「だったら堂々としな」

「う、うん。でもあのぅ」

「どうしたんだい？」

「ムイちゃん、つかいまだから。つかいまが、いぬをかうのって、ダメかなっておもったの」

「ふふ。そうかい。でも、ムイは自分でちゃんと面倒を見るんだろ？」

「みる！」

「だったら、やってみな。ま、ルシも手伝ってくれるだろうよ。だけど、頼り切ってちゃダメだ。分かったね？」

「うん！　リア婆ちゃん、だいすきー‼」

たたたっと走ってリア婆ちゃんの胸に飛び込む。リア婆ちゃんはしっかりオレを受け止め、抱っこしてくれた。

えへー。

嬉しくて、お胸に頭をぐりぐりしていると、ゴホンゴホンと咳《せき》が聞こえる。

オレは顔を上げて、そっちを見た。

「だいじょうぶ？　おかぜ？」

「……いや」

「リスト兄ちゃんの、おともだち？」

「ぶふっ」

「おともだちっ？　いや、俺は弟だ」

「おとーと‼」

リア婆ちゃんの息子②だ！

俺はリア婆ちゃんのお腹《なか》に抱き着いたまま、弟を観察した。リスト兄ちゃんより筋肉がすごい。ていうか、肌が見えてます。見せてるの？

リア婆ちゃんやリスト兄ちゃんと同じような褐色肌に白い髪の毛。角の形も似ているね。だけど、弟の方は短髪だった。まるで軍隊の人みたい。格好も軍服のような気がする。

断言できないのは、シャツの胸元が開きすぎているから。筋肉チラ見せとか可愛いものじゃない。えっと、爆見せ？になってる。卑猥《ひわい》だって通報されそう。

リア婆ちゃんも露出がすごいと思うけど、まあ女の人だしな～。

あ、筋肉の人って他人に見せるのが好きなんだ。そっかそっか。

「ムイ、あんた、変なことを考えているね？」

「えっ。かんがえてないヨ」

「ふふ。あんたは顔によく出るんだ」

「ムイちゃん、れっさーぱんだにもどろうかな！　かわいいし！」

それなら顔色を見られないで済むよね。

「あはは！　そうだね、可愛いんだったね」

「おふくろが、笑ってる、だと？」

そこ突っ込むところ？

オレは驚いたものの、またリア婆ちゃんに顔をぐりぐり擦りつけた。これで誤魔化せたはず。

「ほら、甘えてないで顔を上げな。この子はあたしの二番目の息子さ。名前は――」

「ラウだ。よろしくな、新しいの」

「ムイちゃんは、ムイちゃんです！　リア婆ちゃんのつかいまなの！　よろしくね！」

「ああ。リストが変だったのは、これか」

「リスト兄ちゃん、へんだったの？」

「ラウ！　余計なことを言うな」

リスト兄ちゃんが慌てて止めてる。そっか、変態な部分をバラされそうになったんだな。兄と弟の関係ってそういうところがあるのかも。

オレも前世では弟ポジションだったけど、姉ばっかりだったからね。男兄弟って、ちょっぴり羨ましい。

ちなみにラウはこの国の将軍なんだって。

リスト兄ちゃんは宰相だから、このふたりはドラゴル国の重鎮というわけ。

すごい～。

オレが尊敬の眼差《まなざ》しで見ていると、ふたりとも満更でもなさそう。ラウなんて「ふふん」と鼻をうごめかしてる。彼は分かりやすい脳筋タイプのようです。

それはそうと、ハスキーだ。

オレはリア婆ちゃんに呼び名を付けてあげるように言われた。

「ええとね。んーと、きみのなまえは、ハスちゃん！」

「わぉん！」

「うれしい？」

「わぉん！」

綺麗になったハスちゃんは尻尾をぶんぶん振っている。まあ、ずっと振ってるんだけどね。

リア婆ちゃんはイケメン顔で、クールに頬を少しだけ歪《ゆが》めて笑う。男だったら絶対にモテてたと思う。まあ今でもモテてる気がする。メイドさんたちがポーッとなって見てるもの。何なの、あれ。

本物のイケメンなのに全然ポーッとされてない兄弟ふたりが、呆れた様子でオレを見た。

「ハスちゃん、だと？　そんな名前でいいのか？」

「真名から取ってあげればいいと思うのだが」

「えっ？」

何やら聞き捨てならない台詞《せりふ》が聞こえた。オレはリスト兄ちゃんを見た。

「まなって、わかるの？」

「分かるだろう？」

「えっ」

オレはリスト兄ちゃんを凝視した。

「は、母上か、もしくは使い魔にも視られる者がいたはずだ」

オレは今度はリア婆ちゃんを見た。リア婆ちゃんは相変わらずイケメン顔でオレをじいっと見ている。

三年育ててもらっていると段々分かってくるけど、これは面白がってる顔だ。

「リア婆ちゃん。なんで、ムイちゃんのなまえ、まなからとってくれなかったの‼」

「くっ、ははは！」

リア婆ちゃんは耐えきれなくなって笑い出した。あっはっは、と声をあげて笑うものだから、みんながぽかんとしてる。

でもオレはそれどころじゃない。

真名が分かるなら、そこから付けてくれてもいいのに‼

「ムイちゃんにもかっこいい、まながあるのに！」

「かっこいい、かねぇ？　ははは。冗談だよ。ほら、暴れるんじゃない。あんたの真名が分かったのは三歳の時なんだ。それまで視ようとは思わなかったから仕方ないだろう？　小さな生き物の名だからねぇ」

そりゃ、隔たりがある種族だと真名は見えても読めないものだと聞いたけどさ。

「むぅ」

オレがぽかぽか叩いていると、リア婆ちゃんは喜んでしまった。暴れるんじゃないと言いながら撫でてくる。オレはむくれてお顔でぐりぐりした。リア婆ちゃんは笑っているらしく腹筋で揺れてしまう。

もうもう！

それもすぐに終わる。リア婆ちゃんが話しだしたから。

「小さい子に真名は教えられないのさ。それに関する呼び名を連想されたら困るだろう？　機嫌を直しな。どれ、見てやろう。ムイの名が分かったなら、犬の名も分かるだろうさ。あんたは主だから犬の真名を知っておいてもいい。ほら、耳を貸してごらん」

リア婆ちゃんの目が光った。魔法でハスちゃんを鑑定したみたい。

それからオレの耳元で囁《ささや》いた。他の誰にも聞こえないように。たとえ犬でも真名を守る。それぐらい大事なのだ。

肝心のハスちゃんの真名は「アレクサンダー」だった。

嘘《うそ》!?　なんで？　犬だよ？

じゃあオレの真名は!?

って思ったけど、それは教えてくれないのだった。子供には教えられないんだってー。

ふん、だ！

その後、従魔契約をするといいと勧められ、リア婆ちゃんが魔法を掛けてくれた。

ちなみに主がオレで従がハスちゃんなので、真名はハスちゃんの分だけあればいい。従う方の名前が分かっているとオッケー。

もちろん真名が分からなくても契約はできる。オレも赤ちゃんの時にリア婆ちゃんと使い魔契約したからね。その代わり、ちょっと緩い契約になるんだ。

もっとも、リア婆ちゃんは超上位の存在なので真名がなくてもガッツリ使い魔契約できるし、なんなら緩い契約でちょうどいいぐらいなんだって。ちゃんとした契約をすると、下位の存在は吹き飛んじゃうのかな？　こわっ。


そんなこんなでハスちゃんはオレのペットになった。

「うれしい？」

「わぉん！」

「ハスちゃんは、それしかいわないねー」

まあ、哀《かな》しいのよりはいいよね。

というのも、丁寧に洗われてブラッシングされた白モフがメイドさんに連れられてやってきたんだけど、とってもしょんぼり。

「どうしたの？　いたいいたい？」

「くぅん」

「さみしかったの？」

「ぉん」

白モフが甘えてくる。オレとハスちゃんが仲良くなってて嫉妬したのかな。と、思ったけど、オレに対して甘えるんだから嫉妬でもないか。

ということは、飼い主さんのことを思い出して寂しくなったんだ。

「リスト兄ちゃん！　かいぬしさんをはやくみつけてあげてね‼」

それが一番だよね。

リスト兄ちゃんは、もごもご言いながらも、任せておけとドーンと胸を叩いた。

ラウも何か言ってたけど、脳筋の人に任せるのはなんだか怖いので無視するのだ。

オレがつーんと無視していたら、リア婆ちゃんが腹筋で笑う。オレはやっぱりロデオ状態。

甘えていた白モフもぶるぶる震えて変な顔。ハスちゃんはぶるぶるが楽しいみたいで鼻先をくっつけては「わふわふ」と喜んだ。

＊　＊　＊

白モフの飼い主は翌日に見付かった。

というか、リスト兄ちゃんに「お仕事してくださーい」って言いに来た人が「あれ?」って気付いたんだそう。

リスト兄ちゃん、お仕事しないで何してるの。

やけにリア婆ちゃんの周囲をウロウロしていると思ったらサボってたのね。

本当に偉い宰相様なんだろうか。

ラウも部下さんが来て引きずってった。

「ムイ、また来るからな!」

「こなくてもいいの!」

「そんなぁ~」

なんだか脳筋はオレの獣人姿が気に入ったみたい。おかしいな。オレが可愛いのはレッサーパンダの時なんだけど。

ううむ。嫌な予感がする。よし、オレはあの人には近付かないぞ。

リスト兄ちゃんも、そうしなさいと言った。

それはどうでもいい。白モフの飼い主が見付かってよかったって話だよ。

その飼い主について、兄弟ふたりは「え」とか「まさか」とか言い合っていた。有名人だったのかな。

オレはハスちゃんに躾《しつけ》をしている最中だったからスルー。

「いい？　ちゃんと、ムイちゃんのめいれいにしたがうんだよ」

「わぉん！」

「これはもうちょっとちいさく！」

「わぉん！」

「おおきい、おおきいよ！　しろモフちゃんをさんこうに！」

「ぉん」

「ほらー、これだよ」

という、やりとりを、メイドさんたちはキャーキャー騒いで見ていた。

白モフの賢さに驚いているのかな。うむ。

待って。まさかハスちゃんの、どこまでいってもダメな感じにキャーと言ってるわけではないよね？

ううう。

ペットがダメだと飼い主までダメに思われちゃう。

ハッ！

そうか、そうだったんだ。

「ルシ、ムイちゃん、つかいまのおべんきょうがんばるから‼」

「どうしたんだい、急に」

「だって、ムイちゃんがダメダメだと、リア婆ちゃんがダメにおもわれちゃうの」

ルシはチロッと舌を出してから（これはとっても珍しい）、ふふふと笑った。

「大丈夫。ムイちゃんはダメじゃないからね」

「そうかなあ。ムイちゃん、ハスちゃんをしつけるの、できてないよ」

「一朝一夕には無理だよ。ムイちゃんだって三年かけて獣人姿になったんだ。でもそれはとても早いことだった。ただの魔物が獣人に進化するのは本当に難しいんだよ」

慰めてもらって安堵《あんど》したものの、オレはとあることに気付いた。

ハスちゃんはたぶん、犬のままだね。うん。無理だ。

そもそも、普通は進化しないものね。よっぽどのことだから珍しいんだった。

ただの犬だから魔力もないらしいしね。

オレがハスちゃんを無言で撫でていると、お屋敷の玄関から騒ぎ声が聞こえてきた。

なんだろう。ハスちゃんは早くもそっちに意識が向いて尻尾ふりふり。

オレも気になるのでリア婆ちゃんを見た。

「見てきてごらん。そうだ、使い魔の仕事だ。誰が来たか、教えておくれ」

「……‼　いってきます‼」

部屋を出て行こうとして、ハスちゃんはダメって押し返した。なのに、オレより大きな体だから覆い被さってきたの。しかも、そのままオレを踏んづけて廊下を走っていってしまった。

「あ、ダメ！」

その上、白モフまで一緒になって走ってく。もう階段のところ！

オレはルシと顔を見合わせてから、急いで後を追った。


玄関ホールにはたくさんの人がいて、真ん中にドレスを来た小さい女の子が立っていた。頭には小さな角。あんまり、ねじれてない。

髪の毛をくるんくるんにしてて、リスト兄ちゃんみたいに上半分ぐらいを結っている。

可愛い～。

オレが手摺りの隙間から覗いていると、白モフが階段を駆け下りていくのが見えた。

一直線に走って、女の子にドーンと！

「あ、ころんじゃった」

全力でぶつかられたら転ぶよね。

「わぉん！」

「ハスちゃんはいっちゃダメ」

これでハスちゃんまでドーンとぶつかったら、女の子が大変なことになっちゃう。

ちなみに、白モフは女の子にぶつかった後、ペロペロするのかと思ったらツーンとしてる。

どゆこと。今って飼い主に会えた感動のシーンじゃない？　もしかして、再会が嬉しくて突進したものの途中で我に返っちゃった、とか？　それで、全然寂しくなかったってフリをするためにお澄まし顔してるのかな。

まさかのツンデレ⁉

オレはドキドキしながら見てたんだけど、白モフがこっちに戻ってきてしまった。

「ぉん」

「まって。いま、こっちにきたらムイちゃんがめいれいしたみたいじゃない」

「ぉん」

「かしこく、おすわりしないで！」

オレはサーッと青くなったんだけど、白モフは全く気にしていない。まるで褒めてって言ってるみたいに尻尾をふりふり……ハスちゃんまで尻尾ふりふり……。

困っていたら、女の子の近くにいた人がやってきた。

女の子はお付きの女性が助けてる。怪我《けが》はしてないようだけど、オレはドキドキだよ。

「もしや、君がリボリエンヌ様を見付けてくれた子供かな？」

デキる秘書みたいな細身の男の人が屈《かが》んで話しかけてきた。幼児の目線に合わせて喋るとか、この人マジでデキる人だ‼

竜人族とは思えないスマートさ。

ディスってるんじゃないよ。竜人族って強そうな人が多いんだ。リア婆ちゃんほどじゃないんだけど、男の人も女の人も結構ムキッとしてる。

それなのに、筋肉なんてついてなさそうな「そよっ」とした感じだから、なんだかなんだか――

「ムイちゃん、ひしょさん、すきー！」

抱き着いてしまった。

秘書さんは驚いていたけど、感動のあまり抱き着いてしまったオレをちゃんと受け止めてくれた。

だってね、ドラゴル国に来てから思ったんだけど、みーんな強そうなんだ。メイドさんも実は結構筋肉ある感じ。

オレはちょっぴり拗《す》ねていたのだ。

獣人族だってきっとムキムキになれるはず。そう信じてるけど、オレ、小熊猫《レッサーパンダ》種なんだよね。

まさか、まさかね、って思ってた。

不安に思っていたところで秘書さんが来たものだから嬉しくなったの。

むふー。仲間仲間。

あ、噂《うわさ》によると只人族もひょろっとしているらしい。早く会ってみたいものです。

「ええと、君はリスト宰相の？　どういう関係の子供なのかな」

「ムイちゃんはムイちゃんです！」

「ああ、うん、そう」

「リア婆ちゃんのつかいまなの。よろしくね！」

ご挨拶すると、秘書さんは固まってしまった。それからゆっくりと首を傾げ、そのまま立ち上がる。

残されたオレはハスちゃんにハフハフされてる。白モフもくっついてくる。幼児なのであっちへヨロヨロこっちへヨロヨロ。

ヨロヨロしたまま、秘書さんの足にしがみついた。

「もしや、白竜様の？」

「リア婆ちゃんのこと？」

このお屋敷の秘書お爺さんが「白竜様」って言ってた。たぶんそう。

間違ってたらダメだよね。オレはリア婆ちゃんについて説明した。

「きんにくがモリモリで、おむねがバーンとしてて、こーんなめをしてる？　とってもこわくて、でもガッハッハってわらうの。あとねえ、かっこいいツノがこっちにネジネジしてるんだよ。おおきさはこれぐらいなの。とってもかっこいいんだよ」

分かりやすい説明に、秘書さんは驚いたみたい。ふふふ。

その間に、倒れてた女の子も身なりを整え終わったようで、こっちへ歩いてきた。

白モフを見て、途中で秘書さんやオレを見る。オレを見た途端に女の子は目を丸くした。

「まあ。なんて可愛らしいの」

「姫、いけませぬ。どこの者とも分からぬのですよ」

と言ったのは、お付きの女性。

「素性の知れぬ者をリスト宰相が屋敷で自由にさせているというのですか？」

これが女の子。女の子は十歳より少し上ぐらい？　お付きの女性は幾つだろ。いっぱい上。

リア婆ちゃんよりは若いと思う。でも女性の年齢は深く追及してはダメなのだ。オレは前世で学んだ。姉ちゃんたちから学ばされた。

よって、お付きの女性については言及しないのである。

女の子はオッケー。だって女の子だもん！

「失礼なことを言ってはいけませんよ、メアリ」

「……はい」

「セバス。その子がリボリエンヌを見付けてくれたという『客人の子供』さんかしら」

「あ、いえ、まだそこまで伺っておりません」

秘書さんが女の子に返事をしてるのを見ながら、オレは心の中で大きくツッコミを入れていた。

その若さでセバスなの⁉

どうせなら、このお屋敷にいる勘違い突っ走り秘書さんがセバスであってほしかった。セバスは執事の名前に付けたいナンバーワンだけど、こういうのじゃなかった！

オレが密《ひそ》かにショックを受けていると、二階からルシが下りてきた。様子を見に来てくれたみたい。

あ、そうだ。オレ、使い魔の仕事をしている最中だった。

「ルシ、ムイちゃんいちじてったいするね！」

「うん？」

「つかいまのおしごと、してくるー！」

そう言うと、ハスちゃんにカムカムして階段を駆け上がった。

……嘘です。

よいしょよいしょって上がった。ハスちゃんがあっという間に追い抜いていくのが、ちょっと悔しい。

とにかく、オレはお仕事の最中なので戻らねばならないのだ。

誰かとすれ違っても気にせず、リア婆ちゃんの部屋まで駆け戻った。ちょっと脚色したけど、オレ史上最高の走りで戻った。

リア婆ちゃんには、ちゃんと「おひめさまがきた！」と報告した。

無事にハスちゃんも連れ戻したし、オレって偉い。

あと、秘書さんが細くて竜人族ぽくなかったことや、セバスって名前にびっくりしたことも報告。

ついでに、お屋敷の秘書さんの名前を聞き出したら「ルソー」だって。ぇぇぇぇ。イメージと違う。

お仕事も終えてすっかり満足したオレはソファでまったり。そこにルシがやってきた。メイドさんたちも一緒。

「ムイちゃん、お仕事は終わったのかい？」

「おわった！　ちゃんとほうこくしたよ！」

「そう。でも、お客様と話している最中に突然いなくなるのはダメだよ」

「あっ！」

「ムイちゃんは賢いから、あのお方がお姫様だと気付いたよね？」

「うん……」

「お姫様の許しなく席を外すと、無礼だと叱られる場合もあるからね。気をつけよう」

「はぁい」

しゅん、として謝った。

ルシは怒ってるわけじゃないし、リア婆ちゃんも笑ってるんだけど。

オレ、これでも前世は高校生ぐらいの歳だったのになー。

体年齢に引っ張られているのか、時々自分でも思考や行動が幼児みたいだって感じる。

まだ三歳だからと思っていたけど、せっかく進化したんだもん。もうちょっと落ち着いて考えるようにしよう。


オレが決心してるとルシがキリッと報告した。

「リア様、カルラ王女殿下がいらしてます。ご挨拶したいとのことですが、どうなさいますか？」

リア婆ちゃんは嫌そうな顔になった。

口にも出した。

「犬を迎えに来たんだろう？　そのまま帰ってもらいたいな。あたしは、ここでゆっくり過ごしているんだ。邪魔はされたくないよ」

「では、そのように。ムイちゃんを連れていきますがよろしいですか？」

「うん？」

「どうやら、ムイちゃんが気になるようです」

「そうかい。じゃ、そうしな。ムイ、あんたの次の仕事だよ。お姫様を見送ってあげな」

「はーい！」

お仕事なら仕方ない。オレはまた一階に向かった。当然のようにハスちゃんも付いてくる。

一応、言っておかねばね。

「ハスちゃん、おきゃくさんのまえでぶつかるのはきんし。わかった？　しろモフちゃんにもだよ？　おわかれするから、ペロペロするのはきょかするね」

「わぉん！」

「もう、ほんとにわかってる？」

「わぉん‼」

分かってない、絶対に分かってない。

でも躾とは一朝一夕にはいかないのだ。ルシもそう言った。オレも三年育ててもらってるけど、ルシに注意をされるんだ。

犬のハスちゃんは何年かかることやら。

オレは半ば諦めて、ハスちゃんと一緒に一階へ下りた。

広間には誰もいなかった。ルシが言うには、お姫様たちは客間に通されたらしい。

客間って、リア婆ちゃんが今いる部屋じゃないの？

ルシは小声で「リア様のお部屋は最上級の客人用なんだよ」と教えてくれた。お姫様が通されたのは次のお部屋らしい。

重大な事実に、オレはお口チャックを決意した。

客間に入ると白モフが飛んできた。

やっぱり、ハスちゃんじゃなくてオレに向かってくる。愛されてしまったのかしら。

お姫様はちょっぴり寂しそうな顔だけど、微笑《ほほえ》ましそうに見てる。白モフちゃんが可愛いんだね。

うちのハスちゃんときたら、そういうの全く気にせずオレと白モフちゃんに交ざって尻尾ふりふりしてる。うん、まあ、可愛いんだけどね！

お姫様は「カルラ王女十二歳」。秘書さんも侍女さんも通さずにご挨拶した。オレも「ムイちゃんです！」ってしっかり名乗ったよ。

侍女さんは怖い顔だけど、カルラ姫も秘書のセバス——さんも笑顔だった。

「では白竜様の使い魔をしているのね。ムイちゃん、小さいのに偉いわ」

「えへー」

「それに、リボリエンヌを見付けてくれたわ。お仕事ができるのね」

「うふー」

褒められて嬉しくて、つい体がくねくねしてしまう。

尻尾も動いちゃうのは仕方ないのです。


お姫様はずっと笑顔で、オレの尻尾を見ている。分かる。分かるよ。オレの尻尾、モフモフしてるもんね！　オレも大好き。これを抱っこして寝るのが気持ちいいのだ。

獣姿の時はなんとも思わないのに（追いかけちゃうこともあるけど！）獣人姿になると気になるの。これは魅惑の尻尾なのです。ふふふ。

「ムイちゃんは普段、何をしているの？　白竜様のお屋敷にいらっしゃるのよね？」

「リア婆ちゃんのおうちは、おやしきじゃないよ？」

「そうなの？」

「うん。えっとね、リア婆ちゃんはかいこしゅぎなの。ろぐはうすの、ちょっとすごいかんじ？」

「そ、そうなのね。ムイちゃんはそこでお仕事してるのね」

「ムイちゃんのおしごとはあそぶことだよ！」

「そうなの？」

「リア婆ちゃんが、ちいさいときはあそびなさいって。でもちょっとだけなら、おしごともするよ。きょうもていさつしたの。いまも、おひめさまとおはなしするっていうおしごとだよ」

「まあ。……わたしとのお話はお仕事なの？」

お姫様が寂しそうに言うので、オレは慌ててソファから立ち上がった。まあ、ソファから落ちたって感じになるんだけど。

それで、テーブルを回って、お姫様に近付いた。侍女さんの目がキラーンってなるけど、怖くない。

「リア婆ちゃんのかわり、っていみなの。おしごとじゃないよ！　すっごくたのしいよ！」

「まあ。ありがとう、ムイちゃん」

「いいの！」

それから普段何をしているのか聞かれたから、お庭で遊んでいる話をした。

「はたけのおせわもしてるんだよ。ムイちゃんがつくったナス、そろそろたべごろなの」

「偉いわね。畑まで作っているなんて」

本当はルシがほとんどの世話をしているけど、オレだって虫を取ったりしてるからね。夢中になって虫取りしてたらフラーッとなってしまって、怒られたこともあるけど。その後に「ムイちゃんは狭いところにも入れるし、しっかり虫取りしてくれるから助かるよ」って褒めてもらったのだ。

オレ、素質あるんじゃないかな？

「じきゅーじそくなんだよ。おにくとおさかなはリア婆ちゃんがたんとう」

「まあ。白竜様が買いに行かれるのね。お店はどこかしら？」

「ん？」

「お店のことまでは知らないわよね。白竜様と同じお店で買い求めたいと思っただけなのよ」

お姫様はリア婆ちゃんが好きなんだね。

うん、でも待って。そっちの「かう」じゃない。オレはしゅたっと右手を挙げた。

「どうしたの、ムイちゃん」

「リア婆ちゃんはもりにはいって、えものをかってくるんだよ。シュパーッとやって、ドパーッとしたら、こーんなおおきなえものがかれるの」

こーんな、と両手を目一杯広げて示してみた。逆ハの字にしたので、その延長線にある大きさだと想像してもらえると思う。

お姫様はよく分からなかったみたいだけど、秘書のセバスさんが教えてあげてた。侍女のメアリさんと共に「ええっ!?」とか「狩り!?」と驚いてる。

ところで、オレはセバスさんのことをセバスちゃんと呼びたい衝動に駆られていた。

いいんじゃないかな？　いいよね。うん。

「セバスちゃん？」

「あ、はい。え、ちゃん、ですか？」

「ダメ？」

とてとて近付いて上目遣いでお願いすると、セバスちゃんは口を手で覆って震えた。

同じく立ったままのメアリさんも、ふるふると震えている。

お姫様は「きゃぁ」と小さな声をあげた。

「い、いえ、構いません。大丈夫でございます」

「ホント!?　わーい‼」

喜んでバンザイし、ぴょんぴょん飛び跳ねるとハスちゃんも「わふわふっ」と飛び跳ねた。

白モフちゃんも一緒になってる。ただ、やっぱり白モフだけ貴族っぽい。

イケメンがどんなにかっこ悪いことをしてもかっこいいようにしか見えない法則。あれだね。

オレはハスちゃんに同情した。

でも大丈夫。安心して。お笑い要員の方がモテるらしいから。姉ちゃんたちが言ってたんだ。

「ムイちゃんったら、本当に可愛いわ」

「それは認めざるを得ませんわね。確かに、可愛い獣人族です」

「メアリも同じね」

そう言えば姉ちゃんたちは、こうも言ってた。

――可愛い系の男はモテない、と。

ううん、そんなことない。だって、二番目の姉ちゃんは違うって言ったもん。

可愛い系男子が好きな肉食系女子もいる、と。

肉食系か。ものすごく思い当たる人がいる。

そう、オレの主。完全に肉食系だよね？

「どうされましたか。ムイちゃん？」

「あら、どうしたのかしら」

「もしかして……」

「メアリ、分かるの？」

「ええ、もしや、ですが。わたしくが愚考いたしますに、子供といえども男の子です。可愛い、と言われてショックだったのではないでしょうか」

「まあ」

「それでしたら、わたしにも覚えがございます」

「そうだったわね。セバスは竜人族の中でも細身だからと、いろいろ言われたのよね」

「はい」

「分かりました。ムイちゃんには言わないでおきましょう。ね、ムイちゃん。安心してね。大丈夫よ。あなたはかっこいいわ」

オレはハッとして、意識を戻した。

リア婆ちゃんが肉食系だから嫌いだとか、そういうのではないんだ。

ただ、ただね？　筋肉モリモリの女性に追いかけられる妄想をしてしまって！

リア婆ちゃんは好きなの。

でもそれはお母さんみたいなお婆ちゃんみたいな、そういうのだから。

できれば可愛い女の子とお付き合いしたいです。

「そうだ、ムイちゃんがモリモリのひとになれば、いいんだ！」

「え？」

「リア婆ちゃんよりもムキムキになる！　あしたからとっくんしなきゃ！」

オレの宣言をお姫様たちはポカンとして聞いていた。

部屋の端で待機していたルシが、慌ててオレを回収したけど時すでに遅し。

客間は微妙な空気になってしまった。


リア婆ちゃん、すっごく尊い存在で崇められているらしいからね！

でもムキムキなのは真実だと思うんだけどなー。

ま、いっか。

その後、お姫様が帰る時にも見送りに出て、オレはまた会う約束をした。

お姫様はリア婆ちゃんだけじゃなくて、オレ自身にも興味があるらしい。これから筋肉ムキムキになるのを見ていたいのかも。ふっふっふ。

「じゃ、またこんどね！」

「ええ。王都に来たら教えてね。デートしましょう」

「おひめさまとデート‼」

「ふふ。ムイちゃんにエスコートしてもらいましょう」

「がんばるの！　まかせて！」

メアリさんはちょっぴり怖い顔になったけれど、オレを見下ろして溜息だ。人畜無害って気付いたっぽい。諦めたように、笑う。

オレは一生懸命に愛想よくして手を振った。尻尾も振っておこう。

「セバスちゃんもまたね！　ひしょのおしごと、がんばって！」

「はい。ムイちゃん、ありがとうございます。では、後日またお目に掛かりましょう」

白モフちゃんを連れて、お姫様一行は帰っていった。

ハスちゃんが心なしか寂しそう。尻尾も緩い感じでふりふり。激しくないの。

「ハスちゃん、またあえるからね。リア婆ちゃんにおねがいしよう」

「わぉん！」

「おうちにもどったら、はたけにいこうね。おにわでもあそべるよ。かわあそびもできるし、たのしいから」

「わぉん！」

ハスちゃんは寂しかったのなんてもう忘れたみたい。元のハスちゃんに戻った。わふわふ言いながらオレを舐める。

オレたちが玄関先でコロコロ転がっていると、ルシがやってきて首根っこを掴まれた。そして、そのまま二階へ連れられていったのだった。

第三話　新しい仲間と一緒に大活躍

翌日、オレたちは家に戻った。

リスト兄ちゃんはとても残念がっていたけど、オレが「またくるからね！」と言えば嬉しそうだった。リア婆ちゃん大好きっ子だなー。

ぶれないマザコン、それがリスト兄ちゃんです。


他の兄弟は来なかったし、二番目のラウも姿を見せなかった。ラウは忙しいって言ってたからかもだけど。

この家族、リスト兄ちゃん以外はサバサバしてるのかな。

オレの前世とは大違いだ。

リア婆ちゃんが子供たちに愛情がないわけじゃないのは分かるんだ。なんだかんだ言いつつ、目が優しいもん。

こういう視線をオレは知ってるからね。親子の形もそれぞれだし。

「何をニヤニヤしてるんだい？」

「なんでもないの！」

「そうかい。で、帰って早々に外へ行くんだね」

「みまわりなの！　ムイちゃんのおしごとだから！」

「ほう。お仕事か。そりゃいい。しっかり見回っておいで。だけど、敷地の外へは行っちゃいけないよ」

「はーい！」

汚れてもいい貫頭衣服と麦わら帽子を被って、いざ出陣。

ハスちゃんも準備万端。今にも外へ飛び出しそう。あ、その前に。

「ハスちゃん、もりはこわいところだから、ぜったいにけっかいのそとにでたらダメなんだよ」

「わぉん！」

本当に分かってるのかな。オレは心配しながらも、ハスちゃんと一緒に庭へ出た。ルシもだよ。だから大丈夫のはず。

そうだ、ハスちゃんにリードを付ければいいのでは？　引きずられる気がしないでもないけど。

小さな不安は見回りしている間に消えた。

大事なお仕事だもんね。集中しないと。お庭のあちこちを見回って、匂いも嗅いだ。問題なし。

次は川までの道のり。ここもオッケー。小さな獣は通ったみたいだね。

それから畑を覗いた。害獣の被害なし。雑草も生えてない。そうだよね。出掛ける前に抜いたんだもん。

じゃあ、収穫できそうなものがないかチェックしよう。

オレは屈んだ状態で茂った葉の中へ入った。

ちなみに、ハスちゃんは畑を荒らそうとしたためルシに捕まってる。すごーく怒られて、尻尾がどんよりと垂れてるね。じごーじとくだよ。頑張って。

オレは、キュウリとナスの出来具合を確認。

まずはナスの出来を見る。食べ頃サイズに育ってる。

その中にひとつだけ変わった形の小さなナスがいた。手と足があるの。

「このナス、にんげんみたい」

こういうやつ、テレビでよく観《み》たな～。んふふ。面白いって話題になって、姉ちゃんたちと一緒に観て笑ったっけ。

「ナスちゃん～かわいいねぇ～はやくおおきくなぁれ～」

歌って応援すると、ナスのヘタ部分が動いたような気がした。

びっくりして、じいっと観察すると――。

小さなナスの手足がひょこっと動いた。

「ええ？」

「……ぴゃっ！」

「えっ⁉」

ナスに顔ができてる！

しかも、手と足が動いてる！

手と足といっても、指はない。全体的にぬいぐるみ的な形。そう、国民的アニメの猫型ロボットみたいな――。

「ぴゃ！」

「わぁ‼　えと、こんにちは……？」

異世界ってすごい。野菜まで進化するんだ。

オレは驚いて、ふとあることに気付いた。野菜、このまま食べていいんだろうか。

もちろん、この目の前の動くナスは食べないよ？

そもそも食べれるわけないよね⁉

だって動いてるんだ。意思表示するナス。

うん？　でも待って。獣だって魚だって動いて……。

オレは考えるのを止めた。

心の中でブルブル震えていると、ルシが畑の外からオレを呼んだ。動きがないのを不思議に思ったみたい。

わさわさした葉の隙間から覗いて「ムイちゃん？」と心配そう。オレはルシの声を聞いてホッとした。

「ルシー‼　なんかすごいのがうまれたー‼」

「すごい？　なんだろうね。とりあえず、そこから出ておいで」

と言うから、オレは四つん這いのまま後ろに下がった。

すると、小ナスがぴょんと飛び跳ねた。

ぴょんと……。

「きゃー‼」

「ムイちゃん⁉」

「ナスが！　ナスが‼」

「ナスがどうしたんだい？」

ルシの慌てた声と、オレの足が掴まれるのは同時だった。オレの足が見えたから咄嗟《とっさ》に掴んだのかな。そのまま引きずり出された。

助けようとしてくれたのは嬉しいし、有り難い。でもさぁ、畑の土は柔らかいけど、何も引きずらなくてもいいんじゃない⁉

まあ、おかげでルシにすぐ会えた。しかも急いで抱き上げて傷がないかと確認してくれる。その姿はまるで父親みたい。

オレは嬉しくなってルシに抱き着いた。

「どこにも怪我はないね」

「うん！　ルシ、だいすき！」

「そうかい。わたしもムイちゃんが大好きだよ。っと、それはそうと、何があったのかな？」

ルシってば、クール。こんなにいい父親はいないよね。顔はちょっぴり怖い蜥蜴顔だけど。

オレは説明しようとして畑を指差した、ところで、例の小ナスがわさわさの葉の間からひょっこり顔を出した。

「……あのこが、とつぜんうごいたの。しかも、ぷちってじぶんではずれて」

ホラーだよね？

そもそも野菜が動くこと自体がホラー。もっとホラーなのは繋がっている頭の蔓《つる》（？）を自分で外して飛び降りたことだよ。

オレが固まったまま指差していると、ルシも少しだけ黙り込んだ。と思ったら、体を揺らして笑い出した。

「ムイちゃんと暮らしていると驚くことがたくさんあるねぇ」

「そうなの？　じゃあじゃあ、これはおどろいていいの？」

「そうだね。わたしも野菜型の妖精を見たのは初めてだよ。しかも生まれたてだ」

妖精‼

オレは驚いて、じいっと小ナスを見つめた。小ナスはオレを見上げてて「ぴゃっ」と声をあげる。

ひょっとしてオレを追いかけてきたんだろうか。

ほんの少し可愛いかもと思い始めてきたところに、ハスちゃんがやってきた。

来てしまった。

「わぉん‼」

あ、獲物を見付けた顔だ。

オレは慌てて、実際にはルシが大急ぎで、小ナスを直前で掬《すく》い上げた。ハスちゃんに蹂躙《じゅうりん》される前に。

ハスちゃんは目の前で獲物がかっ攫われ、しょんぼりになった。

助け出された小ナスはルシの手のひらの上で震えてる。

「ぴゃぅぅ」

「ぶ、ぶじでよかったね」

「ぴゃ……」

畑の外は危ない。なのに出てきたんだね。

「もしかして、ムイちゃんとあそびたかったの？」

「ぴゃ」

「そっかぁ」

ルシが「妖精は悪いものじゃない、問題もないよ」と言うから、オレは小ナスにおいでおいでした。小ナスは喜んでオレに飛びついた。

「気に入られているね。人間好きの妖精もいるというから離れないかもしれない。リア様に伺ってみようか」

「うん」

たぶん、飼っていいかどうかってことだろうけど、オレはちょっぴり複雑。

だってナスだよ？　この子を前にして、オレはこれからナスが食べられるんだろうか。

リア婆ちゃんに見せると「野菜の妖精は珍しい」と言って大笑いし、懐いてるなら飼ってもいいと許可をくれた。

小ナスの名前はコナスにした。安直でもいい。分かりやすければ。

コナスは妖精なので、そのうち魔法も使えるようになるらしい。

その存在がすでに魔法だと思うけどね！

なんでナスなのに動くんだろう。ほんと、不思議。

それより、オレは心配でたまらない。リア婆ちゃんに何度も確認した。

「ねえ、これからキュウリがようせいになったりしない？」

「さあて、それはどうだろうかね」

「ピーマンは？　トマトも！」

「ははは、そうなると妖精畑になっちまうね」

笑い事じゃないのに！

オレがむくれていると、リア婆ちゃんは笑いながら手を振った。

「大丈夫さ。それはたまたま強い魔力の力が混ざって生まれたものだ。新しい命がそうそう簡単に生まれるものか。大丈夫だよ」

「……だったら、いいの」

「怖かったんだね？　そら、こっちへおいで。お腹に乗せてやろう」

「うん！」

オレはリア婆ちゃんのお腹にダイブして、お胸に顔をぐりぐりした。癒やされる〜。

一緒にいたコナスはオレの尻尾に隠れてしまった。リア婆ちゃんに見せた時も怖がっていたので魔力や強さが分かるらしい。

ところで、ハスちゃんはリア婆ちゃんを恐れなかった。
このことから推察するに、ハスちゃんはやっぱりおバカであるということが分かる。
オレは心の中で順位を付けた。
主人のオレＶコナスＶＶ超えられない壁ＶＶハスちゃん
うん。間違いない。
ハスちゃん、ごめんね。
だけど、強い相手にビビらないのと気付かないのは雲泥の差なんだよ……。

＊　＊　＊

帰宅早々に事件があったものの、数日は特に何もなかった。いつものオレの日常だ。

毎日お勉強と畑仕事と遊びに夢中で、コナスやハスちゃんと楽しく過ごした。

そうそう。ハスちゃんの躾は厳しく進み、彼は逆らってはいけない相手をちゃんと覚えたのである。すごい進化！　これも進化！

もちろん、逆らっちゃいけないのはリア婆ちゃんだ。教えてくれるルシにもね。

あと「コナスを追いかけない」というルールも覚えた。すごーい。

ハスちゃんのいいところは、めげないところだね。何度叱られても凹《へこ》まない。落ち込まない。しょんぼりはする。まあ、それは大抵自業自得だからね。

ダメって言われたことをやって怒られるのだから仕方ないのだ。

オレも一緒になって怒られるんだよ。一緒にしょんぼりしてください。

あ、勉強の時には怒られないよ。ただほら、遊びに夢中になりすぎて家に帰らない時があるの。三歳だもん。仕方ないよね～。

使い魔のお仕事は相変わらずない。その代わり、家のお手伝いはちゃんとしてる。コナスは応援係。ハスちゃんは邪魔する係。

とにかく、ルシの家事をお手伝いしながら毎日を楽しく過ごしていた。

そんなある日。リスト兄ちゃんがやってきた。

オレは急いでお茶出しの準備。覚えたばかりなのでドキドキしながら、お茶を用意してカートに乗せて運ぶ。ルシが後ろから心配そうに見ているのは気付いていたけど、ちゃんとお部屋まで持って行けた。

ちなみにハスちゃんは裏庭にある犬小屋に入れたよ。「ハウス」って言葉を覚えてくれて本当によかった。もちろん繋いでます。

オレはカートの下にセットされていた小さな台を取り出して床に置き、カートの上に載せていたカップをそうっと持って台に乗った。

「おちゃです……。どうぞです！」

ぷるぷる震えながらも、ちゃんとお茶出し成功！

オレ、偉い‼

この一生懸命のお手伝いをリスト兄ちゃんは喜んだみたい。

頬を赤くして、にこーっと笑う。

ついでにリア婆ちゃんも笑顔だ。イケメンの笑顔だからかっこいい。

「ムイ、よくできたじゃないか」

「がんばったの！」

リスト兄ちゃんが口元を手で押さえた。笑いを堪《こら》えているみたいだけど、三歳がここまでできるのはすごいことなんだからね？

全くもう。

オレは堂々と胸を張って台を降り、さあ部屋を出て行こうとしたら。

「待ってくれ。ムイちゃん、君に話があるんだ」

「ムイちゃんに？」

リア婆ちゃんを見ると頷いたので、オレはたたたっと走ってソファに座った。

……よじ登った。途中でリア婆ちゃんが引き上げてくれたよ！

何故か、リスト兄ちゃんはゴホンゴホンと咳払いだ。早くしろってことかな。オレはもぞもぞと座り直してからリスト兄ちゃんを見た。

「王女殿下からムイちゃんに伝言だ。『明後日《あさって》、城下を散策するから一緒に遊びに行きましょう』と」

「わぁ！」

「王女殿下ねぇ」

「リア婆ちゃん、ダメ？」

オレがうるうるの瞳で見上げると、リア婆ちゃんはフッと溜息を漏らした。

「ムイが遊びたいのなら構やしないがね。でもね、言っておくが、あんたは王女にへいこらしなくていいんだよ」

「うーんと。こんなことしなくていいってこと？」

オレは少し考え、ソファから降りてジェスチャーした。手をごますりにして、ペコペコするやつだ。へいこら、って言われたらコレしか思い付かなかった。

リア婆ちゃんはそれを見て大笑いした。

リスト兄ちゃんはちょっと呆れ顔。でも、すぐに苦笑いで頷いた。

「確かに。ムイちゃんは母上の使い魔だ。王女に頭を下げる必要はない。とはいえ、相手は王族です。失礼のないように」

「わかったの！」

しゅたっと右手を挙げて答えた。大丈夫、オレだって最低限のマナーぐらいは分かってる。それに失敗しても三歳だからセーフ。

……セーフだと思う、たぶん。


ということで、明後日はまた王都へお出掛けです。

ハスちゃんもコナスも連れていってもいいというので、ふたりに言い聞かせた。

「いい？　しつれいなこと、したらダメだよ」

「わぉん！」

「ぴゃ！」

「うん、いいへんじです。あ、ハスちゃん、おちついて。あばれちゃダメ。もう‼」

コナスは小さいし、オレの言うことを聞いてくれるからいいんだ。でも、ハスちゃんは心配だ。

明後日までになんとか躾を頑張ろう。

オレはルシにお願いしてハスちゃんのリードを作り直してもらった。ギュッと引っ張れば動きを止められるような仕組み。といっても、もちろん痛くはない。オレも獣化した状態で付けてもらって確認したけど大丈夫だった。

準備万端で当日を迎え、オレたちはリア婆ちゃんに連れられてリスト兄ちゃんの家に転移した。

またしてもキリリッとした顔のお爺さんが待っていて、ちょっとドキドキ。大丈夫、短刀は出さなかった。それにずらっと並ぶメイドさんたちもいなかった。

キリッと顔のルソーお爺さんは、今回は普通にリア婆ちゃんと挨拶してすぐお部屋に案内してくれた。

「もうすぐ王女殿下が参ります。ムイちゃんは一階でお待ちください。今日はルシ殿はどうされますか？」

「ご一緒するのは止めておきましょう」

「さようでございますか。では、不肖わたくしめが、共に――」

「ムイちゃん、ひとりでもだいじょうぶなの！」

「いえ、ですが」

「ムイがひとりで行くと言ってるんだ。行かせておあげ」

リア婆ちゃんの鶴の一声でルソーお爺さんは黙った。さすが魔王、じゃなかった、リア婆ちゃんです。

「それはそうと、そこのペットたち」

「わぉん！」

「ぴゃ！」

「あんたたち、飼い主に似て返事はいいねぇ。まあいいさ。それより、主であるムイの言うことをよく聞くんだよ。いいね？」

「わぉん！」

「ぴゃー‼」

リア婆ちゃんが目を細めて真剣に話す。聞いていたオレだけでなくルソーお爺さんもビシッと直立不動になるような、ちょっと怖い感じがした。

あ、ルソーお爺さんは秘書さんの鑑っぽいので元から直立不動なんだけどね！

それより、ハスちゃんは全然動じてない感じで、いつものように「ただ返事しました」状態。君はぶれないよね！

反対にコナスはやる気を漲《みなぎ》らせてる。「わかりました、魔王様！」って感じで短い手を挙げた。ナスのヘタが髪の毛だとすると、そこに全然届かないほどの短い手です。

可愛い。

「不安だねぇ」

「……わたくしめが心配するのもご理解いただけるかと思います」

「まあ、いいさ。そこまで心配するほどでもない。ここは天下の王都だ。それに、あたしがいるんだ。問題はない」

「さようでございました」

ルソーお爺さん、納得してしまった。

オレもリア婆ちゃんがいれば問題ないって思う。でもとりあえず。

「おひめさまの、ごえいがいるからだいじょうぶ。ムイちゃんもがんばるし！」

「そうだねぇ」

リア婆ちゃんは笑って片方の眉をひょいと上げた。

「護衛たちは何かあった時にあんたまで守るとは思えないが、今は政情も安定しているそうだ。大丈夫だろうよ。犬が何かしでかさないか少々心配ではあるけどね。ま、なんとかなるさ。気をつけて遊んでくるんだよ」

「はーい！」

威勢よく手を挙げ、オレはお出掛け用のリュックを背負った。

ハスちゃんはリードを自分で咥《くわ》えて持ってきた。

コナスはオレのベルトに作った専用のポケットに自らイン。

準備オッケー。

というわけで、しゅっぱーつ‼

……と、すぐにはいかないわけで、オレは玄関前でお姫様を待った。

ワクワク。そわそわ。時々、蟻《あり》んこを眺めて待つこと少し。お姫様の乗る馬車がやってきた。すごく豪華なので分かっちゃう。

白モフちゃんも一緒だった。窓から顔が見えるの。そして、扉が開いた途端に鳴き声。

「ぉん！」

「白モフちゃん！」

「わぉん‼」

白モフちゃんは馬車から降りると一目散にオレめがけて走ってきた。やっぱりドーンと、ぶつかる。オレはポーンと跳ね飛ばされそうになったところを、なんとハスちゃんに助けられた。がぶっと尻尾を噛んで止められたのね。

「い、いたい」

「ムイちゃん、大丈夫かい⁉」

ルシが駆け寄ってオレを受け止めてくれた。反動でまたポーンとなったから。

人には言いづらい場所、つまりお尻の根っこが痛い。むぐぐ。

オレが呻《うめ》いているとルシはすぐに患部に手を当てて魔法を使った。簡単な治癒ならルシでも使えるんだ。

魔法ってね、人によって向き不向きがあるそう。ルシは治癒が苦手みたい。苦手といっても打ち身程度なら治せるんだよ。

ぱあっと温かい何かがお尻を覆って、オレの痛みは飛んでいった。

その間、白モフちゃんはセバスちゃんに叱られていた。お姫様も「めっ」と可愛く睨んでる。

ハスちゃん？　彼は、ルソーお爺さんにとっても怖い顔で睨まれ中。顔と顔の距離が十センチという、もうキスしちゃいなよ、という近さ。さすがのハスちゃんもぷるぷる震えてる。オレも見てて震えちゃう。

「いいですか、ハスちゃん。あなたの方法は諸刃の剣です。主であるムイちゃん様のお尻を痛めるという、言語道断の――」

ちょっと待って、言い方、言い方ー!!

オレは急いでルソーお爺さんを止めた。オレのお尻の秘密は誰にも言わないで！

セバスちゃんみたいな穏やかな叱り方でお願いします。

まあ、あっちはあっちで静かに怖いんだけど。

「ムイちゃんを跳ね飛ばすとは、なんたる失態ですか。先日カルラ殿下にぶつかった際にも、わたしは注意したはずですよ」

淡々と注意されるのもそれはそれでゾクッとするよね。白モフちゃんの尻尾も項垂れるどころか足の間に入っていきそう。そんで、小さく、

「ぉん」

と鳴いてた。分かる。

とにかく、みっともないところを見られちゃったけど傷は浅い。

オレとお姫様は無事集合できた。それでいいのだ。

ということで、いざ出発。

まずは、お店のある中央区まで馬車に乗って移動する。

お姫様の乗ってきた馬車は極力飾りを省いた庶民仕立てらしい。乗り合い馬車ならともかく、庶民は箱型馬車に乗らないと思うけどね！

いいところのお嬢様がお忍びで、というのは古今東西ある話。お姫様の格好も、ちゃんとお洋服は膝下ぐらいの丈のドレスになってる。前は足首まであったんだよ。裾が汚れないのか気になるやつ。お洗濯って大変なんだからね。

「ムイちゃんの今日の服は可愛い、じゃなかった、かっこいいわね」

「ありがとー。おひめさまもふりふりでかわいいの」

白い靴下にもフリルがあって、靴は真っ赤なエナメルのつま先が丸い形。お人形さんみたい。

オレは一生懸命、お姫様を褒めた。ふふふ。オレもやるときはやるんだ。

お姫様は喜んでお礼を言った。

その間、白モフちゃんとハスちゃんは交友を深めていた。主にハスちゃんがベロベロ舐めてあげる方向で。

白モフちゃんはオレの膝に顎を乗せているので、形としては、オレ←白モフちゃん←ハスちゃんという愛の流れが見えてしまう。

しょんぼりだけど仕方ないよね。愛って一方通行だもの。

「あら、どうしたの、ムイちゃん。急に遠いところを見たりして」

「あいのせつなさについて、かんがえていたの」

「まあ」

話を聞いていたセバスちゃんが口を押さえて震えてる。

酔ったのかな。そうだよね。いくら仕様が豪華な馬車だといっても揺れるもの。

あと、お尻も痛いよね。


そうこうするうちに、お屋敷街を抜けて中央区に到着した。

少し広めの停留所で馬車が止まり、皆で降りる。

オレはハスちゃんのリードを自分の腰ベルトに繋げた。ちょうどコナスと顔を合わせたので、話しかける。

「コナスはえらいね。ずっと、しずかにしてるから」

「ぴゃ！」

「うん、えらいえらい」

ヘタのところをなでなでしてあげた。たぶん、そこが髪の毛で、頭だと思うから。

コナスは両手を挙げて、えっへん顔だ。

微妙にディスられてるのにハスちゃんは「わふわふ」言いながらオレの周りをうろちょろしてる。

安定のハスちゃんです。

でもオレは、おバカなハスちゃんも好きだよ。安心してね。よしよし。

白モフちゃんはお姫様がリードを持ち、オレたちは町を歩きだした。

今日もお姫様にはメアリという侍女が一緒だ。厳しい目で周囲の人を見ている。護衛の騎士さんよりも怖い顔だから、通りがかりの人が驚いて逃げていくよ。

オレはハラハラしながら、ハスちゃんに引っ張られる形でお姫様に付いていった。

お姫様はウィンドウショッピングを楽しみにしてたみたいで、気になるお店を見付けるとさっさと入ってく。その間、白モフちゃんとハスちゃんは護衛騎士のひとりに預けられた。

ちなみにリードごと預けることになった。オレの腰ベルトにリードを繋いでいたんだけど、何度も転びそうになってハラハラしてたみたい。

とっても控え目に申し出られて、オレも素直に頷いた。

「かいぬしとして、じくじたるおもいだけど。ムイちゃん、まだまだみじゅくだから、おねがいします」

きちんと頭を下げた。護衛騎士さんも慌てて頭を下げる。下げてから、首を傾げた。

「じくじ……？　え、忸怩《じくじ》!?」

それからオレを見て、目を丸くする。

天才三歳児だと思ったんだね。ふふー。

オレは前世の記憶を持つ男なのだ。チートだよ、チート。

……まあ、ハスちゃんに振り回されてるからそこまでチートじゃないんだけど。


オレはしょんぼりしつつ、お姫様と一緒にお店に入った。

女の子が好きそうな雑貨屋さんでは、いちいち「あれは何かしら」「これは？」とお姫様が聞いてくる。

髪飾りやペンダントだったらオレも分かるんだけど、見たことないものも多い。

結局お店の人に教えてもらった。

「角に飾る装身具なんですよ。最近流行《はや》ってるんです」

「まあ、角に……」

「敏感な場所ですから大事に守りたいものです。そのため、魔石を使って守護を込めるんですよ。角に飾ることで悪《あ》しきものから守ろうという意味があります。ただお値段も相応のものになりますね」

「魔石でしたら、そうでしょうね」

魔石は宝石みたいに綺麗なんだ。違いは魔法を込められるかどうか。この雑貨屋さんは庶民向けが多いから、鎖も銀製で魔石も小っちゃいのをひとつだけしか付けてないんだって。それでも、他の売れ筋商品よりお値段が高いんだ。

「お嬢様でしたら、上地区の宝飾店でお買い求めされるとよろしいのではないでしょうか」

「あら、わたし、こちらの商品が気に入ってよ」

「まあ、そうですか」

お店の人は喜んだ。お姫様は更に、これとこれがいい、と商品を選んで購入する。

全部、角を飾るものばかりだ。

オレも気になって吟味してしまった。

お小遣いがあるから、リア婆ちゃんに買って帰ろうかな。

でもチープかもしれない。ゴージャスなリア婆ちゃんに、ちゃちな装身具。

うーん。


オレがうんうん唸《うな》っていると、お姫様が支払いを済ませて横に立った。ニコニコと笑って、オレにアドバイスをくれる。

「ムイちゃん、気に入ったのなら頼みなさいな。もしかしてお小遣いが足りないのかしら？よければ、わたしがまとめて購入するわよ」

「ううん」

オレは首を横に振った。プレゼントのお金はもらっちゃいけないし、借金して買うものでもないんだ。

オレはリア婆ちゃんの喜ぶ姿が見たいだけ。

でもね、プレゼントした時にちょっとでも「ちゃちだね」なんて言われたり、そんな目で見られたりしたらと思うと……。

ううん。大丈夫。それにね。

「ムイちゃんも、おとこです。わらわれたっていいの。これ、かいます！」

「まあ」

「あと、これも！」

「ふたつも購入するのね。本当に大丈夫？」

「だいじょうぶ！」

かっこいい蛇革の財布の中身はすっからかんになっちゃうけど！

買い食いもできなくなるけど！

オレは満足！

お店の人は笑顔で商品をひとつずつ丁寧に梱包《こんぽう》してくれた。色違いで、ひとつは真っ赤な石。これはリア婆ちゃん用。

もうひとつはピンク色。それをお姫様に渡す。

「まあ！　わたしに？」

「そうなの。きょうのデートのおれいなの」

「まあ、まあ！」

お姫様は感極まった様子でオレに抱き着いた。オレが「わっ、わっ」となっているのに、誰も助けてくれない。

チラッと見えたセバスちゃんは顔を背けて、肩が震えて、笑ってる？

侍女のメアリさんは怒ってるだろうなと思ったら、こっちもそっぽを向いて？

お店の人は微笑ましそうに見てるし、オレ、ちょっと恥ずかしくなってきた。

オレはご機嫌になったお姫様に手を引かれ、大通り沿いにあるカフェに入った。

ここでちょっと困ったのが席である。オシャレなカフェって何故か椅子が高いんだよね。オレは最悪、セバスちゃんに抱き上げてもらうという手があるけど、お姫様はそうはいかない。

結局、低いソファがある個室の部屋でお茶をした。優雅にオープンテラスカフェ、やりたかったのにねー。

でもまあ、お姫様は大満足。前から来てみたかったんだって。お城で働く侍女さんたちが噂していたらしい。

美味しいデザートを堪能して、オレたちは店を出た。


その時、馬の嘶《いなな》きが聞こえた。

そっちを見ると、広場に入ってきた辻馬車の馬が騒いでいるっぽい。と、気付いた瞬間に、馬車がスピードを上げた。

オレは外に繋いでいたハスちゃんに気を取られ、あわあわした。このままじゃハスちゃんだけでなく、オレたちも全員がぶつかってしまう。

護衛騎士たちはお姫様を守ってるけど、全員吹っ飛ばされたらお終《しま》い。

オレは勇気を振り絞って前に出た。

そして、うーんと唸る。

あっという間にレッサーパンダ姿に戻った。

ちなみにお洋服はパラリと落ちたよ！

＊　＊　＊

とたたっ、と駆けて向かう。もう目と鼻の先まで近付いていた辻馬車の馬の顔に、大ジャンプだ。

「ヒヒーン‼」

「くそっ、おい、何してやがる‼」

「し、知らねえよっ！　ちっこいタヌキみたいな奴が飛びついてきたんだ」

馬は驚いて進行方向を変えた。カフェの玄関で固まっていたお姫様も、ようやく護衛騎士に連れられて店の中へと入った。

お姫様が「ムイちゃんがまだ外に！」って叫んでたけど、オレよりお姫様の方が大事だよ。

第一、オレは獣人族なんだ。身軽だし体も丈夫だからね。

それに、セバスちゃんが犬二頭とコナスを一緒に連れて行ってくれた。それだけでオレは安心。

コナスはオレがレッサーパンダになった時に、服と一緒に落ちてしまったのだ。ごめんね、コナス。

「くそっ、店の中に入っちまったじゃねーか」

「仕方ねぇ、俺たちは予定通りずらかるぞ！」

「でも、馬にタヌキが――」

タヌキ、タヌキって、オレはレッサーパンダなの‼

この可愛い姿が目に入らないのか、と顔を上げたら馬と目が合ってしまった。あ、怒ってる。

馬って目を合わせちゃダメなんだったっけ。

「ヒヒーン‼」

「うわぁっ」

「くそ、おい、降りるぞ‼」

え、そんな。

そしたらオレが辻馬車にしがみついて騒がせたみたいになるじゃない。

第一このままでいいわけない。

どうしようどうしよう。

オレが焦っているうちに、馬が思ったよりも足を緩めていたみたいで男ふたりが馬車から飛び降りてしまった。

しかも、広場をぐるぐる回っていたのが功を奏して、馬は誰もひくことなくカッポカッポとのんびりしたリズムになった。

オレも「えいっ」と馬の顔から降りてみた。


ころころころん……。


ま、まあね、そういう感じだよね！

幸いにして、獣スタイルはモフモフのもっこもこだったので怪我はしてない。

オレはシャキーンと立ち上がった。

……実際はよたよたしてたかもだけど。

とにかく、立ち上がったのだ。そこに馬がえっほえっほとやってきた。

「ヒン」

「おちついた？」

「ブルルルル」

「むちをうたれたの？　かわいそね」

馬は思ったよりも落ち着いていた。やっぱり、あの男ふたりが悪いことしてスピードが上がっていただけみたい。


そんなオレたちのところに人がやってきたので、馬がちょっぴりイライラし始めた。警戒して、怖いって感情が伝わってくる。

オレは一生懸命宥《なだ》めた。

すると、近付いてきた男たちのひとりが馬の手綱をひょいと取った。

「よーしよしよし。お前は賢いな。自分で立ち止まるとは偉いぞ」

「ブルルルル」

「うんうん、偉い偉い」

馬に馴《な》れた人みたいだった。あとネジネジの角がかっこいい。

その男がオレを見下ろした。

「うん？　小熊猫か？」

「きゅん、んん、ムイちゃんだよ！」

「獣人族か」

「うまがとつげきしてきたから、とっさにとめようとしたの」

「ほう」

男の目がキラりんと光る。

よくよく見ると冒険者みたいな格好をしてた。軽鎧の胸当てとか肩当てがあるんだ。それに剣も下げている。

正直、とってもかっこいい!!


オレが憧れの眼差しで見たからか、男はニヤリと笑った。ちょっとポーズも決めてない？

でもいいよ。許すよ。その気持ち、よく分かるからね。

「じゃあ、お前さんが頑張ったんだな。状況は分かるか？」

「うん！」

オレはしゅたっと手を挙げ、かけて蹌踉《よろ》めいた。レッサーパンダの姿で二本足になるのは割と大変。

でも尻尾でバランスを取って立ち上がる。

「あのね、ばしゃにのってた、にんそうのわるいおとこたちがとびおりてにげたんだよ」

「なんだと？」

「そいつら、おひめ、じゃなかった。えーと、おじょうさまをねらっていたかもなの」

オレが全部を語る前に、カフェの方から大きな物音がした。

カンカンゴンゴンという不快な音もする。オレはハッとした。

「おひめさまがあぶない！」

オレの声に、目の前のかっこいい男と集まっていた冒険者風の人たちが一斉に動いた。

「野郎ども、行くぞ！」

オー、という大声をあげて、みんなが走り出した。馬はびびって後退《あとずさ》っていたけど、誰かが手綱を代わりに引き取って誘導している。

オレは一瞬迷ってから、皆と同じ方向へ走った。


ちょろちょろと足下を走るオレに、誰かが「うおっ」「なんだ」なんて言ってたけど構わない。

とにかくオレ史上全速の駆け足でカフェの中に突入した。

声はもっと奥だ。

裏庭かもしれない。個室に行く途中に見えたから覚えてる。そこから裏通りへ出られるね、って話もしたんだ。

お姫様たちはきっと、そこから逃げようとしたに違いない。

オレが裏口に向かうと、さっきの男も一緒に付いてきた。

大きな重いドアは男が開けてくれた。オレだったら、どっちの姿でも開けられなかったから助かった〜。

裏通りに出てすぐのところで、悪者たちに囲まれて剣を抜いている護衛騎士と、メアリに守られているお姫様の姿があった。


何人かは怪我をしていた。もちろん、悪者の方。護衛騎士は傷ひとつなく立っている。

あと、セバスちゃんが地味にひどいことを言っていた。

「ハスちゃん、悪党どもの股を噛んでやりなさい！　急所です。狙えるなら喉でも構いません。リボリエンヌ様は攪乱《かくらん》ありがとうございます！」

うーん。何があったのか想像できてしまう。

それはともかく、冒険者の応援が来たことで、悪者たちは目に見えて狼狽え始めた。

逃げようとしたんだ。

でもそうはいかない。護衛騎士と冒険者たちは協力して悪者を捕まえた。

お店の人がロープを持ってきてくれたのでグルグル巻きにする。

悪者が動けない段になって、ハスちゃんは股を噛もうとした。

「ダメー、ハスちゃん！　きたないから、ぺっして、ぺっ」

「わぉん‼」

オレに気付いたハスちゃんが急いでやってきた。

ドーンって、うん、そうだよね。分かってた。

それに白モフちゃんも一緒になってドーン。

その後はペロペロされるし、もう、もう‼


オレは急いで獣人姿に戻ろうとして慌てて止めた。だって、お洋服がない。

お姫様の前ですっぽんぽんはアウト。あ、おパンツは穿いてるか。うーん。それでもアウトだね。だって上半身が裸だもん。

いくら三歳児でもダメなものはダメなのだ。

「お手助けいただき誠にありがとうございました」

「いや、俺たちがいなくても問題なかったろう。それより、表の広場で小熊猫の子供が活躍していてな」

そこで皆がオレを見た。

オレはうんうん頷いて、それから気になっていたことを訴えた。

「まだにげてる、わるものがいるよ！」

馬車に乗ってた男ふたりだ。

護衛騎士と冒険者たちは顔を見合わせた。

「あなた方はお嬢様をお守りください。俺たちで追ってみましょう」

「助かる。いずれ礼を」

大人同士の会話が簡単に進んでいる間、お姫様が震えながらオレのところへ来た。

「ムイちゃん、ムイちゃんは大丈夫なの？　怪我はしていない？」

「だいじょうぶだよ！」

「ああ、なんてこと。びっくりしたのよ。お願いだから、あんなことはもう止めて」

メアリも頷いている。でも、それには応えられない。

オレは二本足で立って、お姫様に宣言した。

「ムイちゃんはおとこなの！　おとこはおんなのこをまもらなくちゃダメ」

「ムイちゃん、あなた……」

「わるいやつを、ムイちゃんはつかまえる」

だって、あの男ふたりを間近で見たのはオレだけだし、匂いだって分かる。

オレの宣言は裏通りに響いた。


冒険者の男は「ははは！」と大きな声で笑った。

「そうだ、それでこそ、男ってもんだ！　偉いぞ、チビ」

「ムイちゃんだもん！」

「ああ、ムイちゃん、だな。分かった分かった。じゃあ、行くぞ！」

他の男たちもオーと拳を振り上げ、走り始めた。

オレも付いていこうとして、セバスちゃんに抱っこされていたコナスが飛び降りてくるのを見て、待った。

「ぴゃっ！」

自分も行く、そう言ってた。

ハスちゃんもだ。わふわふ言いながらも、その目は真剣だった。ハスちゃんも男だったらしい。脳天気で何にも考えてないハスキー犬ではなかったのだ。

「つかいまムイちゃんと、そのこぶんたちでわるものをやっつけるぞぉ！　おー！」

「ぴゃ！」

「わぉん‼」

「ぉん」

「あ、白モフちゃんはダメ」

オレが冷静に止めたら、白モフちゃんは「えっ、なんで⁉」って顔でがーんとショックを受けている。

いやでも、ダメだよね。君、リボリエンヌって名前の、お姫様のペットでしょうが。

だけど、そんな説明は聞き入れられないよね。

オッケー。分かってる。

オレは魔法の言葉を知ってるんだ。ふふふ。よく、聞くがいい。

「白モフちゃんはおひめさまのごえいがかりじゃないの？　かよわいおんなのこをまもってあげなくて、それでりっぱなしんしといえるのかな！」

どやっ。

オレが胸を張って説得していると、セバスちゃんが小さく言った。

「リボリエンヌ様は淑女です」

「あ、そうなの」

少し離れた場所で聞いていた冒険者の男が「ぶはっ」と笑った。

それでオレは我に返った。こんなコントをやっている暇はなかったんだ。

オレは急いで男に駆け寄り、それから振り返って白モフちゃんに「とまれ」を命じた。

「ぉん」

「ムイちゃんのかわりに、おひめさまをまもってね！」

「ぉん！」

「すぐにもどるからね。わるものをやっつけたら、みんなでばんざいしようね！」

「ぉん！」

よし。

オレは今度こそ走り出した。でも一生懸命走ってるのに追いつけない。どうしようかと思っていたら男がひょいと担いでくれた。

おおお。

なかなかいい感じ。

あ、でも、止まってください。

「うん？　どうしたんだ」

「におい、かがないと」

「そうか。そうだよな。うん」

ごめんね。タイミング悪くて。


でも、ちょうど広場の端だったのでよかった。何故ならここから男たちが逃げていったからだ。

オレは早速、四つん這いのまま鼻先を地面に寄せた。何故かハスちゃんも一緒になってクンクン匂ってる。

本当に分かってるのかな。ハスちゃんは犬だから嗅覚はいいけど、対象の匂いを嗅ぎ分けられてるんだろうか。

心配になったけど、まあいいやとオレは匂いを特定する作業に戻った。

ハスちゃんは案の定、全く違う方向に歩き出そうとした。待って待って。

慌ててリードを踏んで爪で持つ。リードがギュッと締まってハスちゃんが立ち止まった。

まるで「えっ、こっちじゃねぇんですかい？」って顔してるけど、違うからね？

オレはリードを持って立ち上がった。

「あっちにむかってるよ」

「よし。じゃあ、行くぞ。分かれ目でまた降ろしてやろう」

そう言うとオレを抱き上げる。

オレはコナスを頭にくっつけたまま抱っこしてもらった。さっきより安定しているので助かるぅー。

見下ろすと、ハスちゃんがちょっと不満そうに付いてきた。

「そうだ、俺はフランっていうんだ。よろしくな」

「ムイちゃんはムイちゃんです。よろしく！」

「おう。あいつらは同じ冒険者ギルドのもんだ。仲間だな」

仲間！　なんて素敵な響き。

オレはぷるっと震えた。これは武者震い。

冒険者たちと一緒になって追いかけるというシチュエーションにとっても興奮してるのだ。

「いけー！」

「お、おう」

フランはびっくりしたけど、オレを取り落とすことなく走った。

途中、分かれ道になるとフランはオレを降ろしてくれた。他の冒険者たちが見守る中、地面をくんくん。

ハスちゃんも一緒になって嗅いでる。今度はオレの方をチラッと見て、様子見だ。ちょっと賢くなったね。

オレは二本足で立ち上がると、右の方向を指差した。

「あっち！」

「よしっ、行くぞ！」

「「「おー‼」」」

また走ってく。

そうやって何度も何度も立ち止まるけど、段々と降りなくても分かってきた。匂いがきつくなってきたから。

それにフランがオレを下の方で抱えるようになった。毎回、地面に降ろさなくてもいいように両手で抱え直して地面近くでぷらぷらさせるんだ。

オレが地面に鼻をくっつけなくても匂いが分かるって、気付いたみたい。ちなみにハスちゃんは毎回お鼻をくっつけてます。

本当は犬の方が嗅覚は鋭いんだよね？　オレ、魔物上がりの獣人族だから結構いい線いってるだけで、本来のハスちゃんなら勝てると思うんだ。


思った通り、ハスちゃんは徐々に、どの匂いを探しているのかが分かってきたみたい。

たぶんね、ハスちゃんは探すべき対象が分かってなかった。ノリで匂ってたよね。

最初はオレの様子を見て答え合わせしていたけど、五回目ぐらいから「あー、これ？」って気付いて、更に「あ、こっちじゃね？」になったんだ。

十回目あたりで、もうオレより先に答えを出せるようになった。

尻尾をぶんぶん振って「こっちですぜ、旦那！」って岡っ引き状態。ハス兵衛《べえ》も一人前になってきたようで、オレは嬉しいよ。


そんなハスちゃんと優秀なオレ、選ばれし冒険者たちが追いかけるんだ。狭い路地裏を逃げていったとしても、男たちが追い詰められるのは当然のこと。

ようやく皆で悪人を追い詰めた。

最初に喋ったのはフラン。

「手間ぁ掛けさせやがって。たかが悪人ふたりに、俺たちも舐められたもんだぜ」

どっちが悪人か分からない声だ。周りにいた大勢の冒険者たちもやんやと声をあげる。

やっちまいなー、とか。

ぼこっちまえー、とか。

怖いですね！

そんなフランの腕には可愛いレッサーパンダ姿のオレ。

客観的に見ておかしい。この場違い感よ。

ハスちゃんなんて嬉しそうに尻尾をぶんぶん振ってるし。

最後なんて、ハスちゃん勝手に走っていって男のひとりを背中から押し倒したもんね。「コイツ、コイツですよね!?」って顔して振り返った時の、輝く笑顔ときたらなかった。

でも、ハスキー犬一匹が背中に乗ったぐらいじゃ、大柄な男の人には重しにもならなくてね。

普通に起き上がられてしまった。

その代わり、その数秒のおかげで男ふたりを追い込むことができたんだ。

ぶんぶん尻尾は許されるよ。オレは許す。

「さあて。お前らの目的はなんだ？」

「ちっ」

フランが一歩踏み出して質問した。男ふたりのうち、より人相の悪い方が唾を吐く。

「兄貴ぃ」

「テメーは黙ってろ」

分かりやすいなーと思って、オレは抱っこされたままふたりを観察した。フランはニヤニヤしていて、周りの人はまだワイワイ騒いでいる。

話が進まない気がしたので、オレは前足を挙げた。

「はい、はいっ！」

「うん？　どうしたんだ、ムイちゃん」

「ムイちゃん、わるもののもくてきをすいりしたよ！」

ふふふ。オレの名探偵ぶりを聞くがいい。

オレは自信満々に続けた。

「おかねもちのこを、ゆうかいしようとしたの！　あばれてみんなのめをひきつけて、べつのひとがゆうかいしようとしたんだ」

「おおー」

フランが目を見開いて驚いている。三歳児の推理に驚いたようだ。ふっふー。

オレはどや顔でフランだけでなく悪人ふたりや周りの冒険者たちを見た。

冒険者の中には「可愛い」とか「何あれ、俺も欲しい」や「喋るペットとか最高じゃねえか」なんて言ってる人がいる。

待って、オレはペットじゃないからね。

これでも獣人族ですし、その前に（その後でもいいんだけど）オレはリア婆ちゃんの使い魔なんです。一応、言っとこ。

「ムイちゃんは、じゅーじんぞくだからね！　ペットじゃないもん！」

フランは笑って、オレの頭を撫でた。

「そうだな。それより、どんな理由があろうと騒乱罪でしょっ引けるんだ」

理由はどうでもいいの⁉

オレの名推理は⁉

「それに今ここで明かすわけにもいかんだろ。な、ムイちゃん」

と、最後は小声で言う。

うん？

オレが頭の中に「？」マークを飛ばしている間に、フランはまた一歩足を前に進めた。

男ふたりはフランに気を取られて、後ろから忍び寄っていた冒険者に気付かなかった。そのまま後ろから縄を掛けられてお終い。

どてーん、って転んだ男の上にハスちゃんが乗る。さも「俺が倒しました」って顔してるけど、ハスちゃんは倒してないからね？

警邏《けいら》隊の人が追いついたので、お縄のふたりは連れられていった。

その時に警邏隊の人がフランに対してものすごーくビビってたのが面白かった。なんかすごい冒険者らしい。

「S級の冒険者⁉」

「もしや、あの、フラン様ですか！」

だって。

なんか、すごくかっこいい！

角のネジネジ具合といい、竜人族って元から人生勝ち組だと思うけど更に倍って感じ。オレの「可愛いレッサーパンダ」とは雲泥の差。

で、でも、オレだってかっこよくなる未来があるはず。ネジネジの角はなくてもね！

……なんとなく人型に戻っちゃう。周りは男ばっかりだからいいよね。と、思ったら、フランが手ぬぐいを腰に巻いてくれた。お風呂スタイル。

「おい、急にどうした？」

「ムイちゃん、じんせいについてかんがえていたの」

「あ？　人生について？　お前本当に面白い奴だな」

「わぉん！」

「ハスちゃん、そこでないちゃうと、へんなかんじになるからやめてね？」

「わぉん！」

もう！大体、面白いって言葉は褒め言葉にはならないんだから！姉ちゃんたちも、男性からの告白をお断りする時に「面白い人なんだけどねー」と、言ってたらしい。

一見、褒め言葉に聞こえるところがミソなんだって。ひどいよ。

とにかく、オレは将来像について考えをまとめた。

「ムイちゃん、ぼうけんしゃになる‼」

「おおう、そうか」

「あっ、でもそのまえに、つかいまをそつぎょうしないと」

「うん？」

それに、育ててもらったお礼もしないまま使い魔を卒業なんてダメだよね。

お礼って使い魔として働くことかな。

……あれ？　じゃあいつ冒険者になれるんだろう。

もしかして無理なんじゃない？

オレは自分でも分かるぐらい、尻尾がしおしおに垂れた。

「おい、どうしたんだ？」

「わぉん……」

「犬も心配しているぞ」

フランはオレを抱っこし直した。脇に手を入れ、ぷらぷらさせながら真正面で顔を合わせる。

「あのね、ムイちゃんはつかいまなの。だから、ぼうけんしゃにはなれないなって、おもって」

言いながら涙が盛り上がってきた。

「お、おい……」

「わぉん」

「泣くな、泣くんじゃない。使い魔だからって冒険者になれないこと、ないだろう？」

「だって、だって。ムイちゃんをひろってそだててくれたリア婆ちゃんに、わるいんだもん。つかいまのおしごとも、ぜんぜんできてないの。だけど、ムイちゃん、ぼうけんしゃになってみたかった……っ」

自分で自分の言葉に興奮して、オレは声をあげて泣いた。

わぁぁんと泣いてると、ハスちゃんも興奮して「わぉぉぉんー!!」と遠吠《とおぼ》えを始め、オレにくっついていたコナスも頭の上で「ぴゃぁぁぁ!!」と叫ぶ。

「うお、おい、こら」

「おーい、なんで、あっちもこっちも泣いてるんだ？」

「ていうか、フラン。そもそも、その獣人族の子はどこの子だ？」

「あ、そういやそうだな。……いや、待てよ？　さっき、なんか妙なことを言ったな」

フランはオレをぷらぷらさせながら、じっと見つめた。オレはちょっと恥ずかしくなってきたところで、でも涙が止まらなくて「ひっくひっく」状態。

これ、いつ、泣くのを止めたらいいんだろう？

大泣きって止め時に困るよね。

「お前さっき、リア婆ちゃんって、言ってたよな？」

「ふぇ、ん。うっく、うん、ゆった」

しゃくり上げながら答えたら、フランの顔が変に歪んだ。怒ってるって感じではない。でも、変。

オレが首を傾げると、フランも傾げた。それからオレを抱っこし直して、ぽんぽんとお尻を叩いた。

その間、ハスちゃんがウロウロしながら見上げていて、心配そう。だから「もう大丈夫」って意味で手を振った。ハスちゃんは「わぉん！」と嬉しそうに鳴いた。

コナスが「自分もいるからね！」と言いたげにオレの髪の毛を引っ張る。うん、ありがとう。でもちょっと痛い。

「ま、とにかく、悪い奴らは捕まえた。とりあえず、さっきのカフェへ行こう。誰か残っているだろう。お迎えが来ているかもしれんしな」

「ムイちゃん、じぶんでかえれるよ？」

「何言ってんだ。大活躍したお前をひとりで帰すわけないだろ。親御さんにも詳細を説明しなきゃならないしな」

「ムイちゃんはひろわれっこなので、おやはいないよ」

オレはようやく涙が止まって、時々ひくっとなる以外は普通になった。

フランはホッとした顔で、でもまた変な顔になる。

「親はいなくて拾われて？　それで、使い魔って言ったか？」

「うん」

「で、お姫様と一緒にいたと」

「あっ」

フランは、お姫様のことを知ってるんだ。本物の本当のお姫様だって。だからオレが何か言う前にフランは止めたんだね。

そのフランが渋い顔になった。こうして見るとフランってイケメン。

冒険者でかっこよくてイケメンって、何それ。

そんな風にオレが斜め方向にムッとしていると――。

「なぁ、リア婆ちゃんって、まさか」

「しってるの？　あっ、リア婆ちゃんは『はくりゅうさま』ってよばれてたよ！　あのねー、きんにくモリモリでー、こーんなネジネジのツノがあるの。……あれ？」

オレは自分の短い腕をフランの胸に当て、つっかえ棒みたいにして体を離した。

視線の先は上。そう、角である。

＊＊＊

リア婆ちゃんに似たネジネジの角がそこにはあった！

なんで今頃気付くの、オレ‼

「フラン、もしかして、リア婆ちゃんのおこちゃま？」

「ぶっ！　ちょ、お子ちゃまってのはないだろっ」

ちょっと言い間違えただけじゃない。オレは三歳児なんだから、そこは突っ込まないでほしい。

オレはどう聞けばいいか考えて、閃《ひらめ》いた。

「んと、なんばんめ？」

「あー、三番目だ。ていうか、マジかよ。母さんのところの使い魔だったのか」

「ムイちゃん、リア婆ちゃんにはとてもおせわになってます」

「お、おう。そうかい。まあ、珍しいタイプだな。母さんのところの使い魔は大体どこかおかしいっつうか。いや、待てよ?」

フランはオレのことを上から下まで見て、それからウロウロしているハスちゃんと、オレの後頭部に移動したコナスを見た。その目がなんだか胡乱《うろん》げ。

「まって、ペットはおかしいけど、ムイちゃんはおかしくないよ!」

甚《はなは》だ遺憾である。絶対言い出しそうな気がして、オレは先に牽制《けんせい》した。

フランの目は細いままだ。呆れた顔でオレたちを見ている。

「なるほどなー。兄貴が騒いでいたのは、これか。で、お姫様と遊びに来たんだな」

「あにきって、リスト兄ちゃんのこと?」

「あいつのこと、そんな風に呼んでるのか」

「いろいろあるんだってば。ちょうなんはたいへんなんだよ。あいつ、なんてよんだらかわいそうだからね?」

オレはつい説教してしまった。

リスト兄ちゃんはマザコン発症してるし、変なお爺さんに育てられてアレだけど、根はいい人なんだ。オレにも優しいもん。

「二番目とも会ったんだよな？」

「のうきんね」

「あー。言葉は分からんが、よくない意味なのは分かるぞ」

「おしごとしないから、ぶかのひとにひきずられていったの。おしごとはしないとダメ」

そんなことを話しているうちに、大広場に出てきた。さっきあんな事件があったからか、人がいない。大広場の中央には噴水があるんだけど、その横に例の辻馬車が置いてあった。

オレたちがカフェへ向かって歩いていると（歩いているのはフランだけど）、そのカフェからルシが出てきた。

「ムイちゃん！」

「ルシ！　ルシー‼」

「よかった、無事だったんだね」

手を伸ばすと、フランがオレをそのままルシに渡してくれた。オレは慣れたルシに抱っこされ、しがみついた。

「カルラ王女殿下の使いから連絡があってね。急いで来たんだ」

「ごめんなさい、ルシ」

「犯人を捕まえようと追いかけたんだろう？　よく頑張ったね」

「うん！」

ルシに褒められ、オレは元気よく返事した。

ルシはもう事件の概要を知っていた。情報収集能力がすごい。

しかも、リア婆ちゃんに事の次第を逐一伝えていたんだって。魔法でだよ。さすが、できる男ルシ。

その上、オレの服も持ってきてた。早速ごそごそ着替える。お風呂スタイルは恥ずかしいもんね。大広場に人がいなくてよかった～。


ルシは改めてフランに頭を下げた。もちろん三番目の息子については知ってた。

フランは困った顔で頭を掻いてる。

「リア様がいらしておりますし、ご一緒に参りませんか？」

「あー。そうだな。ま、ここまで来たんだ。行くか」

フランはマザコンではないみたい。あと反抗期でもないようで、素直に挨拶に行くと返事をした。

そこにハスちゃんがやってきた。オレがずーっと抱っこ状態だったから、くっつけなくて寂しかったのかな。

よしよししてたら、ぐいぐいと鼻先でオレのお尻を突く。

「なにするの、ハスちゃん。においをかぐのはいぬだけ！　しつれいなんだからね！」

「わぉん！」

オレたちがわちゃわちゃしてたら、ルシが笑った。

「ムイちゃん。ハスちゃんは君を乗せたいんじゃないのかな」

「えっ」

「きっと運んであげたいと思っているんだよ」

「そうなの？」

「わぉん！」

「もう。ハスちゃんは、ぜんぶそれだもん。んー、ちょっとだけためしてみる」

よいしょ、と登ろうとして足が届かなくて困っていたら、フランが抱き上げてくれた。

なんとかハスちゃんの背中に乗ることができたので、大丈夫かなと前のめりになって聞こうとしたら。

「わぉんー‼」

「わぁぁっ」

興奮したハスちゃんが走り出してしまった。

あっ、リード手に持ってない。リードは引きずった状態で。

待って、ダメ、オレ振り落とされ——。

まあ、ハスちゃんは叱られるよね。

ルシは怒ったら怖いんだよ。

お屋敷までの道中、ハスちゃんは延々と叱られていた。


オレはフランに抱っこされて優雅に移動です。怪我をした、という名目。

本当は怪我はしてないし大丈夫なんだよ。なんたって受け身を取るのが上手いオレですので。

ただ、ルシが「怪我をしたことにしましょうね」と怖い顔で言うものだから、オレは無言でうんうんと頷いておいた。

ちなみに、ずっとオレと一緒にいたコナスは吹っ飛ばされなかった。振り落とされる直前にサッとハスちゃんの頭に飛び移ってやり過ごしたらしい。ナニソレ、かっこいい。

しかも「ぴゃっぴゃっ！」と手を振り回して喜んでいたんだって。

どうしよう。まともなペットがいない。

こんなだから、オレ、フランに変な目で見られたんだ。

＊　＊　＊

お屋敷に入ると、ちょっとだけ騒がしい雰囲気がした。

それもそのはずで、お姫様から連絡が来てルソーお爺さんを筆頭に捜索隊が結成されるところだったらしい。

何のって、オレの。

セバスちゃんは一体誰にどんな伝言を頼んだのかな。

とにかく、オレは無事戻ったし、ちゃんと悪者も捕まえたって話を大威張りで説明した。

ルソーお爺さんとメイドさんたちは「さすがムイちゃん！」と褒めてくれた。


ルシがリア婆ちゃんに一度報告してくるって言って二階へ行き、戻ってくるまでの間、オレはメイドさんに綺麗にされて待った。フランも一階の客間で待機中。

ハスちゃんは裏で洗われて、しょんぼり。コナスは妖精だから汚れてないってことで、フランと一緒にお茶を飲んでいた。ちっちゃい容《い》れ物に頭を浸《つ》けてる。ナスがお茶を飲む姿はいろいろと変なんだけど、オレはもう驚かない。フランも驚いてなかった。


オレが綺麗になると、ルシが迎えに来てくれて二階に上がる。フランも一緒。コナスも付いてきた。コナスって、ぴょんぴょんと飛び跳ねて移動できるんだよ。本当にナスの妖精ってどうなってるんだろう。不思議。

ハスちゃんは絶賛反省タイム中なので一階で留守番です。くぅん、って可哀想な鳴き声。

でも、オレは知っている。その視線の先におやつがあることを。

そのおやつ、フランの残り物だから食べちゃダメなんだけどな。食べたら、また怒られるよ。知らないからね？


二階の、例のゴージャスなお部屋で、リア婆ちゃんは相変わらず魔王様みたいに偉そうな姿で待っていた。

「ムイ、あんたお姫様を守ろうとして頑張ったんだって？」

「そうなの！」

「しかも、犯人を追いかけたそうじゃないか」

「ムイちゃん、がんばったの！」

「冒険者の男どもと協力し合ったんだってね」

「うん！　ぼうけんしゃの……ぼうけん……」

オレの語尾が小さくなっていくのに合わせて、何故かリア婆ちゃんがニヤニヤしだす。

え、オレのことからかってる？　笑ってるの？

ううん、そんなことない。

リア婆ちゃんは、そんな性格の悪い人じゃないよ。

これは、オレが勝手に想像して僻《ひが》んでるんだ。オレの中にある悪い気持ちが、リア婆ちゃんに責任転嫁してる。


オレ、悪い子だ。

だって、本当ならオレは今ここにいなかったかもしれないんだ。赤ちゃんのまま捨てられていたオレは、あの森の中で一番の弱者だった。

何の力もなかった。オレ、何も持ってなかった。

それなのにリア婆ちゃんはオレを拾って育ててくれたんだ。

感謝こそすれ、オレが持っているこの気持ちは贅沢《ぜいたく》で絶対に言っちゃいけないこと。

オレは笑った。

笑って、右手を挙げた。

「ぼうけん、たのしかったよ！」

いつもなら「そうかい、よかったじゃないか」って返してくれるだろうリア婆ちゃんは、困ったような顔でオレを見ていた。

リア婆ちゃんの後ろに立っていたルシも黙ってオレを見ている。

ルソーお爺さんは固まったまま動かない。皆にお茶を出そうとして、その格好のまま。

フランは、オレの横で手を上げ下げしていた。オロオロしているのか、リア婆ちゃんを見て、オレを見て。

リア婆ちゃんが溜息を吐いた。

「あんたは、もっと賢い子だと思っていたよ」

オレは飛び上がった。ソファからお尻が離れたと思う。それぐらいドキンとした。

コナスがびっくりしてポケットから飛び出した。そして、よじよじと登ってくる。

オレはそうっとコナスを支えた。支えるフリで、俯《うつむ》いたんだ。

そしたら、リア婆ちゃんがまた溜息。

オレはビクッとした。

「ムイ、あんたはもっと、言いたいことがあるんじゃないのかい？」

「ムイちゃんは……」

「あたしは、そんなに横暴な主かい？」

「ううん！　ちがう！」

だってだって、オレのこと使い魔って言いながら自由にさせてくれてた。できる仕事をやらせてくれる。

ハスちゃんだって飼っていいって言ってくれたし、コナスのことも笑って許してくれた。

使い魔なのに。オレ、ただの使い魔なのに！

「あんたが言いたいことを言えないような、そんな主じゃないのかい？」

「ちがう、ちがうよ！」

だったら、どうすればいいのか分かるだろう？

そんな目でオレを見る。

リア婆ちゃんの目を、顔を見て、オレは分かった。

オレはもっと甘えていいんだ。

「リア婆ちゃん‼」

ソファから降りて、駆け寄ろうとして、躓《つまず》いた。

そんなオレを、リア婆ちゃんは魔法を使って浮かべた。魔王様は慌てない。魔法でちょちょいのちょいだ。

いつものリア婆ちゃんだ。呆れたような、それでいて楽しいって顔をしている。オレのことを好きって目だ。

「相変わらず、鈍臭いねぇ。でもそこが可愛い。そら、ここへおいで。ムイはあたしの胸が好きだろう？」

「すきだけど、それだと、ムイちゃんがへんたいみたい！」

「ははは‼　そりゃそうだ。でも、まだ赤ちゃんに毛が生えた程度のムイに、誰も変態だなんて言わないさ」

「そうかなあ？」

「そうさ。そうだね、ルシがあたしの胸に顔を埋《うず》めたいだなんて言い出したら変態だと言っても構わないよ」

「リア様……」

ルシが呆れた声で珍しく突っ込んだ。


リア婆ちゃんの胸に抱かれ、お尻をポンポンされたら不安なんて吹き飛んだ。

コナスも一緒になってリア婆ちゃんの胸にダイブしてる。

オレは今日、冒険者になりたいって思ったことや、だけど使い魔だから無理だって思って絶望したことをボソボソ話した。

説明の時は起き上がって、リア婆ちゃんのお膝に座っていたから他の人の顔も見えた。皆、困ったような顔。ルシだけは顔色が変わらないけど、それは蜥蜴顔だからね。

「あのね、そだててもらったおんをわすれて、ムイちゃんはひどいとおもったの」

「そうかい」

「でもね、ぼうけんしゃ、かっこよかったから」

「そう言えば、ムイは冒険者の話が一番好きなんだってね。この間もギルドで目を輝かせていたそうじゃないか」

リア婆ちゃんが後ろを見る。ルシがちょろっと舌を出して笑った。

「そうですね。ムイちゃんは冒険者に憧れていたようです。ギルドの中を楽しそうに見ていました。それに、絵本は冒険物が一番気に入ってましたね」

「そうかい。何がそんなにいいのか、あたしには分からないが」

「母さん、それはないぜ」

「おや、フラン。あんた、いたのかい」

「ずっと目の前にいただろうに。ったく。どんだけ、ムイちゃんが気に入ってるんだ」

フランが呆れた顔で言う。どこか楽しそう。

リア婆ちゃんが笑った。お腹が揺れて、オレは膝の上でロデオ。

「フラン、あんた、ムイが冒険者になりたいって聞いて嬉しいんだろう?」

「……ちぇ。そうだよ。だから、助けてやりたいって思ったんだ」

「それで神妙な顔して付いてきたのかい」

「それだけじゃないけどさ。兄貴がうるさくてな。『母上がいらしているのに挨拶しないとは何事だー』って、さ」

あ、それ、リスト兄ちゃんですね。分かります。

長男のリスト兄ちゃんは五人兄弟の中で一番のマザコンらしい。それで顔を見せに来たのが二番目の脳筋っぽいラウと、三番目のフランってわけなんだ。

この調子でいくと四番目と五番目もキャラが濃そう！

「それはまあ、いいとしてさ。母さん、ムイちゃんが可哀想だろ？」

説教めいた口調にオレは驚いた。

違う、リア婆ちゃんは悪くないんだ。

オレは慌てて首を振った。

「ムイちゃん、かわいそくないよ！」

リア婆ちゃんはオレが考えたことを怒らなかった。だから——。

「早く教えてやればいいのに」

「ははは」

「本っ当に性格が捻くれてるよなー」

「フラン様、お母上に対してそのような」

「ルシも助け船出してやりゃあいいのに。どうせ、内心でハラハラしてるんだろ？　いつも母さんに振り回されてるんだから」

「いえ、わたしは」

「とにかくさ、ムイちゃんの勘違いを先に解いてやれっての。可哀想に」

「え？」

オレはキョロキョロ視線を彷徨《さまよ》わせて、最終的にフランの台詞に導かれるままにリア婆ちゃんを見た。

リア婆ちゃんはニヤニヤ楽しそう。

こういう時のリア婆ちゃんは確かに捻くれ、ううん、オレ何も考えてないよ？

「ははははっ‼」

リア婆ちゃんは豪快に笑うと、目の端に溜まった涙を指で払った。

そしてオレを見て微笑む。

「あたしはね、使い魔が何をしようが構わないと思っているんだ」

「……へ？」

「なのに、これらときたら、あたしに仕えようとする」

これ、って言った時にルシを振り返った。ルシは何も言わず、視線だけ明後日の方を向いた。

「でもね。あたしは使い魔を縛ったことはないんだよ」

「じゃあ、けいやくは？」

「あれは、あんたたちの命を守るものさ」

その時、ルシがソファの後ろから回ってきてオレの横に立った。そうっと頭を撫でてくる。

「わたしたちはとても弱い存在で、そのままでは生きていけなかっただろう。リア様は、そんなわたしたちを保護してくださった。その力の一端を分け与えてくださったんだよ」

「そうだったの？」

「ムイちゃん。君が聡《さと》い子なのは分かっているよ。けれどね、それだけではきっと生きていけなかった」

「うん。ムイちゃん、それはわかる」

「そうだね。リア様は、保護してくれただけでなく、契約することで『繋がり』を作ってくださった。この力がある限り、わたしたちは死ぬことはないんだ」

オレは驚いて目が開いた。

「リア様の保護下にあるという契約なんだ。この世でもっとも強固な後ろ盾をいただいたんだよ」

「リア婆ちゃんが」

そうだ、リア婆ちゃんはすっごく偉い人だった。

「わたしたちは感謝し、どうか仕えさせてほしいと願った。けれどね。それは他に『やりたいこと』がなかったからなんだ」

「そうなの？」

「わたしはリア様のお世話をするのが好きなんだ。一番楽しいと思える時間だよ。今ではリア様に託されたムイちゃんのお世話も大好きだね」

「ルシ！」

パチンとウィンクするルシに、オレは抱き着いた。大好き大好きとスリスリしていたら、ルシがまた頭を撫でてくれた。

「他の使い魔たちも同じ。皆、やりたいことをやりながらリア様の手となり足となっているだけ。楽しいから、やっているんだよ」

「ムイちゃん、しらなかった」

「教えてあげたつもりだったんだけどね」

なまじ、オレに前世の記憶や知識があったせいで、変に気を回しすぎたんだ。

「ムイちゃんは自由に遊んでいるから分かっていると思っていたよ。変なところで変な気遣いがあるね」

「だって」

「ムイは頭でっかちなのさ。どれ、こっちへおいで」

ルシに抱き着いていたオレの体を、リア婆ちゃんが簡単にむしり取って胸に置く。

「冒険者になりたいのなら、なればいい」

「ほんと？」

「ああ、本当さ。ただし、あんたはまだ赤ちゃんだ」

「ムイちゃん、もうあかちゃんじゃないよ」

「ははは。そうかい。じゃあ、赤ちゃんに毛が生えたぐらい、だ。いいね？」

「うーん。わかった！」

リア婆ちゃんは楽しそうに笑った。

「どちらにしても、あんたはまだ幼児だ。冒険者になるには早い。それは分かるね？」

「うん」

「もう少し待ちな。たくさん遊んで、学んで、一度しかない子供時代を楽しむんだ」

「うん！」

「その上で、冒険者になってみたらいい。幸いにして？　あたしの三番目の息子が冒険者だ。いい先輩になるだろうよ」

「うん‼　フラン、ムイちゃんのししょーになって‼」

ついでなのでお願いすると、フランは「おう」と即答してくれた。ルソーお爺さんは何度も頷いてる。ハンカチで目頭を押さえているから泣いているのかな。

ルシはスッと消えて、またソファの後ろ。

「ムイちゃん、おとなになったらぼうけんしゃになる！　でも、それまではちゃんとつかいまするの。ぼうけんしゃになっても、ムイちゃんはつかいまなの！」

「そうかい」

「ムイちゃん、いっぱいべんきょうするね！」

「そりゃいい。頑張りな。あんたの得たものは、あんたのものだよ。永遠に糧となるんだ」

「母さん、そんな説明じゃ難しいって」

「あんたよりムイは頭がいい。分かるさ」

「ひでー」

「ムイ、あんた、フランみたいなバカになるんじゃないよ」

親子の言い合いに、オレは笑った。これはリア婆ちゃんなりの愛情だ。それが分かる。

オレにはもうないものだから羨ましい気持ちもあった。だけど、リア婆ちゃんはそんな嫉妬をさせるような人じゃない。

分かってる。分かってたんだ。


オレはリア婆ちゃんに抱き着いた。

「おや、どうしたんだい」

「ムイちゃん、小さいうちはリア婆ちゃんのこどもでもいい？」

「おや」

「ろくばんめ、ううん、せんぱいつかいまのあとだから……えっとぉ……」

そう言えば何人いるのか聞いてないや。

きっとたくさんいるんだろうな。

オレは指で数えるのを止めた。

「せんばんめ、でもいいの。だから、こどもになっていい？」

リア婆ちゃんは珍しく言葉に詰まったみたい。驚いて目を丸くして、それからゆっくりと笑った。

オレが初めて見る表情かもしれない。

まるで女神様みたいな——。

「もう、あたしの子だよ。バカだね。賢い子は賢い子で、どこか抜けてるんだろうかね。そう思わないかい？」

リア婆ちゃんが向いたのは扉のところ。

そこにはリスト兄ちゃんがいた。

なんか、表現し難い顔をしている。なんだろ。オレ、これは分かんないな。

「ムイちゃんは、わたしの一番下の弟だ。そうだとも。頭のいい子だから、わたしが面倒を見てあげよう」

「いや、俺が面倒見るんだろ？　冒険者になるってんだから」

「フランには任せられない」

「あのなー」

え、これって「喧嘩は止めて」って台詞を使っていい場面かな？

そんなことを考えていると、リア婆ちゃんがオレの顔を元に戻した。真正面に見る。

「これから、いろんなことがあるだろう。ムイはまだ三歳だ。未来はどうにだって進める。その時々でやりたいこと、夢は変わるものだ。それを悪いことだなんて思わないでいい。あたしだって、長い人生の中でいろいろなことがあった。本当にいろいろね」

しみじみと語る姿に少し震えた。オレなんかが理解できるようなものじゃない。そんな気がした。

でもそうだ、リア婆ちゃんはオレよりずっとずっと人生の大先輩だった。前のオレを合わせても全然足りない。

どんな人生だったんだろう。すごく大変だったのかな。そんな気がする。

リア婆ちゃんは笑って、オレの肩や腕を撫でてくれた。

「変わらないものもある。ムイがムイだってこと、それと、あたしの子供であることだ」

「うん」

「それ以外は変わっていいんだよ」

リア婆ちゃんが何を言いたいのか分からないけど分かる気がした。

オレが、ちゃんと自分ってものを持っていたらいいだけなんだ。きっとそう。

オレは右手を挙げた。

「ムイちゃん、いまやりたいのは、つかいまのおしごと」

「そうかい」

「ハスちゃんのしつけと、コナスのめんどうもみるの」

「そうだね」

「あと、ときどき、ぼうけんがしたい！」

「ふふ、そうかい」

大人になって冒険者になり、同時に使い魔の仕事をするのが目標だけど。

でも、今だって冒険はしてみたい。

だってオレは男なんだ。やっぱり憧れるよね！

「ムイちゃんはまだちっちゃいから、さいしょはぼうけんごっこからはじめるね！」

「おや」

「コナスがまほうつかいなの」

「じゃあ、あの犬は何の役をやるんだい？」

「……ハスちゃんは、うま？」

「犬なのに馬役なのかい？　ははは！」

だってハスちゃんに冒険者の役って難しいよね？

それは置いといても。

「リア婆ちゃんもいっしょにやってくれる？」

「ああ、いいよ。あたしは何の役なんだい？」

「まおうさまー!!」

その後、オレはフランに「最強の子供はムイちゃんに決定だ」と言われた。

それから、リア婆ちゃんに角飾りの赤い魔石をプレゼントして「ワイロかよ」って突っ込まれたのだった。

第四話　新装備とムイちゃんにライバル登場？

オレが冒険者に憧れていると知って、リア婆ちゃんは応援してくれた。使い魔として全然働けてないけどそれはいいんだって。それより、もっと子供らしく、いっぱい遊んで学ぶのが大事。

オレは今までと同じく、ううん、今まで以上に頑張るんだ。

そんなオレに、フランが剣をくれた。本物の剣みたいにかっこいいんだ。小さくて、オレの体にはちょうどいい。

「わぁ！　いいの？　ムイちゃんのけんだ！」

「わぉん！」

「ぴゃっ」

ハスちゃんとコナスも喜んでくれる。きゃっきゃと騒いでいたら、リスト兄ちゃんが拗ねてしまった。

「わたしがあげたノートとペンより喜んでいる」

なんて、ボソボソ言うんだよ。オレは急いでノートとペンを両手に持って喜んだ、フリをした。子供って大変。でも気遣いは大事だからね！

ちなみに、今日のリスト兄ちゃんはお姫様襲撃事件の顛末《てんまつ》を教えにきてくれたんだよ。

犯人たちはお姫様が遊びに行くっていう情報を掴んで、短絡的にお金目的の誘拐を思い付いたみたい。てっきり「他国の陰謀」だって思ってたのに、普通にただのおバカさんだった。

それはそうと、ちょいちょい理由を付けて会いに来るリスト兄ちゃんに最近のリア婆ちゃんは呆れ気味だ。

今もそんなお顔してるので、オレは急いで話題を変えることにした。

「これ、ほんもののけん？」

「刃は潰しているが、本物だぞ」

「わぁ！」

「使い慣れたら研いでやる。子供用にと軽くしてもらったが、ムイちゃんにはまだ重いかもな」

「がんばるの！」

「ぴゃっ！」

「うん？」

コナスが何か言いたそう。しきりにオレの袖を引っ張る。皆で「どうしたの？」とコナスを見れば、小さい手で身振り手振り。

「うーんと。ななめ、たて、ばんざい？」

「ぴゃっ」

「え、ちがうの？」

「ぴゃぴゃっ」

「ムイちゃん、もしかするとだが」

さっきまで拗ねていたリスト兄ちゃんが、ハッとした顔で何か思い付いたみたい。

オレが待っていると、まだジェスチャーを続けているコナスを見ながら、リスト兄ちゃんが厳かに告げた。

「同じものが欲しいんじゃないかな。剣の抜き差しを真似《まね》ているような気がする」

「待て、ナスに剣が必要か？」

フランが余計なことを言ったけど、幸いにしてコナスは気にしていなかった。むんっ、と胸を張って自慢げだ。

……そんなことより、ナスって胸を張れるんだね。

ううん。コナスは妖精だもん。ただのナスじゃないよね。

そっか、コナスは剣が欲しいのか。

あ、もしかしたらオレとお揃《そろ》いがいいのかも。ふふ。どっちにしても可愛い！

オレは期待を込めてフランを見た。

コナスもキラキラして見上げる。

ハスちゃんは、いつも通り！　尻尾をふりふり「何も分かってません！」って顔で楽しそう。

「あー、分かった、分かったよ。ナスにも用意したらいいんだろ？」

「わーい!!」

「ぴゃー!!」

「わぉーん!!」

オレたちはソファから飛び降りて喜び回った。きゃっきゃと走り回るものだから、ルシが「こらこら」と止めに入る。残念ながら興奮はすぐに収まらないものなのです。

ふはーふはーとなっていたら、リア婆ちゃんに強制的につまみ上げられてしまった。

「そろそろ、落ち着きな。ムイが先頭を切ってはしゃいでいたら犬も止まりようがない」

「わぉぉぉーん!!」

あ、うん、そうね。

ハスちゃんてば、自分は狼《おおかみ》か何かみたいに思い始めたらしくて、高らかに吠えだしている。

いつもはしっかり者のコナスもバンザイしたまま走り回ってて、えーと、バンザイにはなってないかな？　手がちっちゃいもんね。うん。でも可愛いのでオッケー。

オレはリア婆ちゃんにぶらぶらされながら、ソファに戻された。

フランは呆れた顔で、リスト兄ちゃんは微笑ましそうに見てる。

今日はふたり一緒に遊びに来たんだ。

フランがリア婆ちゃんちに来るのは超珍しいんだって。

元々、リスト兄ちゃんも今ほど来てなかったらしい。そうだよね、オレ、この三年で見た時ないもん。マザコンなのにどうしてって思うけど、リア婆ちゃんが鬱陶《うっとう》しがるからかな。

安心して。あれはたぶん、ポーズだよ。その証拠になんだかんだ嬉しそうだもん。

リスト兄ちゃんは近すぎて分からないのかもね。

今は普通に会いに来てる。フランもだよ。おかげで家の中が賑《にぎ》やかになったの。ルシが「ムイちゃん様々だね」と言うから、オレは胸を張った。

「じゃあ、頼んでやるよ。ムイの分は子供用で作ってもらったが、ナスは明らかにサイズが違うよなぁ。さて、どうしたもんか」

「依頼した工房では難しいのか？」

「作れるだろうとは思う。ただなぁ、親父《おやじ》がちょいと頑固なんだ」

「母上の名を出しても無理か？　ならば、わたしの名を出せばいい」

「待て待て。宰相の権力をポンポン使おうとするんじゃねぇ。第一、母さんの名前を出したらビビるだろうが。それに母さんだって嫌だろ？」

フランがリア婆ちゃんを見た。いつもなら断ってるのかな。でもリア婆ちゃんは魔王みたいな顔して笑った。

「ふふ。あたしの名を出すのは構わないよ。大事な使い魔、いや我が子の頼みだ」

「リア婆ちゃん!!」

「そうだ、ムイ。あんた、あたしに母親を求めてるなら母ちゃんと呼んでもいいんだよ？　まあ、あたしは歳を食っている。婆ちゃんでちょうどいいと思うがね」

「ん～っ、なやむ！　ずっとリア婆ちゃんだったもん。でもぉ、それならママのほうがいい」

「おや」

「リアママ!!」

本当は母ちゃん呼びの方がリア婆ちゃんには合ってる。ただ、オレはまだ三歳で、見た目も愛くるしいレッサーパンダの獣人族。そんな愛くるしいモフモフが母ちゃん呼びをするより、ママ呼びの方が似合ってるんじゃないかな。

可愛いと可愛いの二乗。

と、思っていたら、何故かフランが渋い顔。リスト兄ちゃんまで眉を顰《ひそ》めてる。

えっ、なに、どうしたの？

ふたりが変な顔になった理由はすぐに分かった。

オレがきょとんとしたので教えてくれたんだ。

「ママ呼びは、四番目の口癖なんだ」

つまり、リスト兄ちゃんとフランの弟だね。

「クシアーナというんだが、母上に対して異様な思い入れがあるのだ」

「それってリスト兄ちゃんよりもマザコンってこと？」

「んん？　ゴホン、今、何かおかしな台詞が聞こえたような気がするが」

オレは慌ててお口チャックした。フランは肩で笑ってるけど何も言わない。三番目の息子は要領がいいのだ。


それにしても四番目の息子、生真面目な長男に「異様」って言われるなんて……。

リア婆ちゃんの五人の息子はなんか全方向にはっちゃけてるのかな？

あ、フランは唯一まともそう。

……待って。ひとりだけ普通になる？　あのリア婆ちゃんの息子なんだよ？

「お前、なんか失礼なこと考えてないか？」

「カンガエテナイヨ！」

「そうかぁ～？」

「ムイちゃん、せんりゃくてきてったいするの‼　コナス、ハスちゃん、てったいかいしー‼」

「ぴゃっ！」

「わぉん！」

子分を連れて一時撤退。ルシがちろっと見てきたけど、気付かないフリして部屋を飛び出た。


その後は敵から隠れて遊んで過ごした。

ふたりの息子はお昼を過ぎて来たからかな、夜までいるらしい。お夕飯の準備をオレも手伝って、ルシと一緒に皆で食べることになった。

ちなみに畑から野菜を採ってくるのがオレのお仕事です。

立派に育ったキュウリを一生懸命もみもみして、甘めのお酢ドレッシングで和《あ》えるのだ。三歳児でも食べられる味付けだよ！

ナスの料理は、オレにはまだ勇気がないからルシが作ります。


晩ご飯の時にはもうフランは疑っていたことを忘れていたみたい。

オレは寝た子を起こす真似はしないのだ。違う話を振ろう。そうだ、コナスの剣！

「コナスのけん、だいじょぶ？　たのめるかなあ？」

「ま、粘ってやるさ」

頼もしい！

フランはかっこよく請け負ってくれる。オレが尊敬の眼差しで見ているとリスト兄ちゃんがゴホンゴホンと咳払いした。

オレはハッとして、慌ててリスト兄ちゃんに関するネタを必死で持ち出した。

「あのねあのね。ムイちゃん、もらったノートで、じのおべんきょうしたよ！　ちゃんとムイちゃんってかけたよ」

どう、どう？

オレがドヤってたら、リスト兄ちゃんは口元を押さえてぷるぷる震えた。まだ食べ物がお口に入ってたみたいで、もごもご飲み込んでからオレを見る。

「偉いぞ、ムイちゃん」

「へへー」

照れ照れしてしまった。

リスト兄ちゃんは表情を改めて、文字の見本になるものも今度持ってきてあげようと約束してくれた。

そこでオレは名案が浮かんだ。

「ムイちゃんもいっしょにいっていい？」

「うん？　屋敷に来たいのなら構わないが」

「わーい！　えっとね、それでフランししょーにもついていきたいの」

「あ？」

フランがオレからの突然のボールに驚いた。会話のキャッチボールは常に見ておかないとダメだよ？

「ムイちゃんも、けんをたのみにいくの」

「いや、だが」

「いいじゃないか。ムイちゃんはフランの弟子なんだろう？」

「なんだよ、その含みのある言い方は」

「含みなどないが？」

「いや、あるね。俺の方が慕われてるから嫉妬してるんだろ？」

「なんだと？　わたしはただ、可愛い弟であるムイちゃんの願いを叶えてあげたいだけだ」

「はぁ～？　なんだそれ」

あ、ツンデレですね。分かります。

オレはニコニコしてふたりを眺めた。ふたりはなんだかんだで仲良しさんだ。

そこでリア婆ちゃんがテーブルをコンコンと叩いた。途端にふたりが背筋を伸ばす。ここは軍隊かしら？

「兄弟喧嘩はお止め」

「きょ、兄弟喧嘩ではありません、母上」

「そうだよ、止めてくれ、母さん。俺たちはもういい大人だ」

「だったらムイの前でくだらない言い合いをするのは止めな」

「はい」

「分かった」

ふたりとも、すんなり言うこと聞いちゃう。さすが魔王。強いぞ魔王。

って考えてたらリア婆ちゃんがこっちを見た。オレは慌てて素知らぬフリ。もちろん背筋が伸びる。

あっ、そうか、こういうことなんだ!!

自然と軍隊みたいになっちゃうよね。分かった。

するとリア婆ちゃんが、ククク とまるで悪役みたいな笑い方でオレを見た。

それからフーッと息を吐く。

「ムイ。あんたの子分が剣を欲しがるのは、守りたい気持ちもあるのさ。分かるかい?」

「まねっこじゃないの?」

「もちろん、それもあるだろう。好きな相手の真似をしたい、というのはどの種族でも考えられる。だけどね、妖精ってのは慕う相手にとても情が深くなるものなんだ。コナスはあんたのことを命に懸けても守りたいんだろうよ」

「そうだったの!?」

「あんたの仲間ではあるが、あんたを守る者でもありたいんだろう。まだ生まれたての小さな妖精だ。魔法使い役としては無理がある。だから剣を持とうと思ったんだろうさ」

コナスとハスちゃんは今お部屋で待機中だからいない。

真相を聞くことはできないけど、リア婆ちゃんの話す内容が嘘だとは思えなかった。

なんて重い愛！

でも納得できる。

オレは真剣な顔して頷いた。


リア婆ちゃんはオレに、ちゃんとした主たれ、と言いたいのだ。

オレはむふんと鼻息荒く宣言した。

「ムイちゃん、コナスにそんけーされる『あるじ』になるね！　そういうことだよね、リア婆ちゃん！」

「おや」

「コナスのためにもがんばる！　なんかいでもおねがいにいくの！」

三顧の礼です。

三国志のマンガは入院先の病院にフルセットで置いてあったので、これぐらいは知っているのだ！

それはともかく「リア婆ちゃん」呼びに慣れちゃって、結局リアママって呼べなかった。恥ずかしい気持ちもホンのちょっぴりあったのかも。次の機会を待つ！


その後、王都に行くなら夜じゃなくて朝がいいだろうとリア婆ちゃんが言ったので、その日はふたりとも泊まっていった。

ちょっぴり甘えたくて、同じお布団で寝たいなーと枕を持ってお部屋に行ったら、リスト兄ちゃんはツンって顔して迎え入れてくれた。

フランも一緒にーって言ったのに「兄貴と寝るだと？」と目を剥《む》いて嫌がられてしまった。

もしかしてフランもツンデレ属性の人かな。

リスト兄ちゃんはちゃんとお布団の中ではデレでした。

オレが眠るまで一生懸命子守歌を歌ってくれたの。

ちょっぴり音痴なのが面白かった！


翌日、リア婆ちゃんは残ってるって言うから、オレだけリスト兄ちゃんたちと一緒に王都へ転移した。

もちろんコナスとハスちゃんも一緒だよ。だってオレたちは冒険者パーティーなんだもん。

念のためハスちゃんには立派な首輪とリードが付けられてる。タグにはリスト兄ちゃんちの住所と家紋が入ってるのだ。かっこいい！　付けてるハスちゃんは、まあ、かっこいいとは言い難いんだけどさ。

「いーい？　せっかくおぼえたんだから、かしこくしてるんだよ？」

「わぉん！」

「んもう、ほんとにわかってる？」

「わぉん！」

「ぴゃっ」

コナスも「そうだぞ」と言ってるみたい。手が微妙にぐねっと曲がってるのは、もしかして「腰に手を当てて」ってやつかな？　ほら、お風呂上がりに牛乳を飲む時の格好ね。

でも、短い手なので真っ直《す》ぐ立ってるだけにしか見えない。

うん。いいんだ。可愛いからね。可愛いって大事。

オレはコナスをハスちゃんの頭の上に乗せ、リードを持った。

「じゅんびばんたん！　フランししょー！　まだー？」

「ったく、お子様は待てができないのか」

転移の部屋から即出てきて、秘書のルソーお爺さんに「まずはお茶でも」って言われたのを断ってまで急いでるのだ。これ以上、待てない。その場で足踏み。

早く早く！

オレたちはルソーお爺さんやメイドさんたちのお見送りを受け、馬車に乗って町にお出掛けした。

＊　＊　＊

フランのオススメ鍛冶屋さんは下町の奥の奥にあった。

馬車を降りてから結構歩いて疲れちゃうぐらい。オレはまだ三歳児なので体力がないからつらいー。ハスちゃんは元気いっぱいで羨ましいな。

「親父、いるかー？」

「おい、誰か外を見てこい！」

「へい！」

やりとりがもう、イメージ通りで笑っちゃう。いかにもな鍛冶屋さんなんだもん。店内のあちこちに炭の汚れが見えるし、中から聞こえる声も頑固で煩《うるさ》そうな親父っぽいの！

オレが口を両手で押さえてくふくふ笑っていると、見習いさんみたいな子供が出てきて「なにコイツ」って顔で見た。それからフランを見て、ぱっと笑う。

「いらっしゃい、フランさん！」

「邪魔するぞ。また仕事を頼みたくてな。親父さんの手が空いたら呼んでくれ」

「はい！　ちょいと待っててください」

そう言うと急いで奥に戻っていった。で、大声で親父さんに声を掛けてる。

ねえ、フランの言ったこと聞いてる？　手が空いたらって言ったよ？　それともこれが普通なのかな。

オレが様式美について考えていると、舌打ちしながらボサボサ頭の親父さんが出てきた。捻《ねじ》り鉢巻きで目付きが怖い～。やっぱりイメージ通り！

「るっせーな。お前は一体どこの見習いなんだ。おう、フランよ。どうした？　例のモンに何かあったのか」

「いや。問題ない。喜んでいたしな。ほら、コイツだ」

と言ってオレを見たので、慌てて気を付けの格好。シャキーン。

オレは三歳だけど、できる男なんだよ。

「ムイちゃんです！　けん、ありがとう！　とってもかっこいくて、さいこーです‼」

「お、おう……」

「ムイちゃんのおててでも、ちゃんともてるの！　みててね！」

ちょっとだけ後ろに下がって、鞘《さや》から抜く。シュパーン！　どうっ？　完璧じゃないかな！

むふん。

思わず鼻息が荒くなっちゃったけど、そこはご愛嬌。

フランは笑いを堪えていたけど、親父さんはぽかんとした後に微笑んだ。

「そうかそうか。気に入ってくれたか。なかなかの使い手じゃねぇか。なあ、フランよ」

「ああ、そうだな」

「まあ、見てる限りじゃ問題はなさそうだ。ん？　だとしたら、今日は一体どうした」

「実は――」

フランが早速話し始めるから、オレは急いで外に出た。本人（本ナス？）がいた方がいいだろうと思ったんだ。コナスはハスちゃんと一緒に待っててもらったの。

ハスちゃんは犬だから念のため外に繋いでいたんだ。オレはハスちゃんごとコナスを連れてきた。

見習いの男の子はいやーな顔だ。ごめんね。ここまだ玄関なんだし、どうか許して。作業部屋には入れないからね。

「こいつの子分が同じものを欲しがってな。親父、作ってやってくれないか」

「子分？　まさか、ただの犬にしか見えないが、獣人族だとか言うんじゃないだろうな？　いや待て。そもそも獣人族に首輪を付けるたぁ、どういう了見か聞かせてもらおうか」

あれ？　親父さん、おこ？

違うんです。ハスちゃんが犬にしか見えないのは犬だからです。

よっぽどのことがない限り、普通の獣は獣人族になれません。

オレは魂が元人間だったたし、リア婆ちゃんの眷属《けんぞく》になったから魔力に恵まれて進化した。かなり幸運だったんだよ。

ハスちゃんはたぶんずっと犬。ちょっぴり長生きはするけど、犬のままだって。リア婆ちゃんが言ってた。


てことを説明する前に、フランがどうでもよさげに「ああ、そいつは犬だ」で、獣人族説を否定した。あっさり、話が終わっちゃった。

そのまま、フランはハスちゃんの頭の上を指差した。

オレも一緒になって手で示す。

「ぴゃ！」

満を持して、コナス登場。

手を挙げてアピールしてます。

親父さんも見習いの子も目を丸くしたまま動きを止めてしまった。

そうだよね、うん。分かる分かる。

ナスだもんね‼

ナスが手を振ったら怖いよねー‼

落ち着いた頃を見計らって、フランが咳払い。

オレもコホンコホンと咳払いしようとして、ココココンッてなった。

「このこ、ムイちゃんの、こぶん。ようせいなの。ムイちゃんをまもりたいんだよね～？」

「ぴゃ～」

「おそろいがいいんだもんね～？」

「ぴゃ～！」

ぴょんぴょんとハスちゃんの頭の上で飛び跳ねて、可愛い。

妖精は成長したら魔法をちゃんと使えるようになるらしいから、コナスってば魔法剣士になるんじゃやないのかな。かっこい～‼

「なので、このこのけんがほしいの！」

「ぴゃ！」

「わぉん！」

お願いしますと頭を下げたら、コナスもちゃんとお辞儀。ハスちゃんも一緒だよ。

親父さんは目をカッと開けたまま、数歩後退った。

大丈夫？　固まってるよ。

見習いの子の方が先に正気を取り戻したみたい。ハッとして、慌てて駆け寄ってくる。その勢い、なんだか怖い。

「おっ、おい！　その珍妙なのは一体なんだっ？」

オレの前で早口で喋る……。顔はこっち向いてて視線はハスちゃんの頭上、指先がズレてて、混乱ぶりがよく分かるなー。

オレの方が大人だったね。コナスを見付けた時、オレはもっと冷静だった。ふふん。

「なんだよ、その顔。なんかムカつく～」

「べつにー。それより、ようせいさんにちんみょうなんて、ダメなんだよ？」

「うっ」

「きずついちゃうかもしれないんだからね。ねー、コナス」

「ぴゃ！」

「ほらぁ」

「あっ、いや、俺は」

オロオロしだした見習いの子、なんか可愛いな。

オレが微笑ましく見ていると、フランがおっきな溜息を吐いた。

「ああ、ややこしい。だから嫌だったんだ。人形用の剣が欲しいと説明すればなんとかなったかもしれないのに。ナスが来たら誰だって驚くだろ」

「フランししょー、うそはダメなんだよ。ちゃんとしたものをつくってもらいたいんだからね」

「分かった分かった。というわけでな、ここにいる妖精の剣を作ってほしいんだ。よーく見てくれよ。手が短いだろう?」

「……手。手? 手っ?」

親父さんはまた固まってしまった。

フリーズってやつだね。姉ちゃんが「OSの強制アップデートに引っかかってしまって大事な書類が作成できなくなった後輩の尻拭いをしたのよ」と愚痴ってたのを思い出してしまった。なんでも、そういうのは事前に時間指定をしておくべきだったんだって。それをしなかったせいで一から書類を作り直したんだそう。


この場合、事前にお手紙なりで教えてあげてたらよかったんだね。うんうん。

……あれ? オレが悪いのかな?

昨日の今日で、フランに付いてきちゃったし。

「えっと、おやじさん、ふっかつしたらおしえてね? ムイちゃんまってるから。ムイちゃんはひとりあそびができるよ。だいじょぶだからね」

ポンポンと親父さんの太ももを叩いた。肩には手が届かなかった。

オレはさっさと玄関の中にあるお客さん用の椅子によじ登って座った。それからハスちゃんをカムカム。もうすっかり躾されてるのでお利口に座ったよ。ええと、斜め座りだけどね。

コナスはぴょんと飛び跳ねてオレの体に移ると、もしょもしょクライミングで移動。いつもの居場所であるポケットにイン。

「お前はまた自由だな。勝手に寛《くつろ》いでよぉ」

「だって、フランししょー。ムイちゃん、いっぱいあるいてつかれちゃったんだもん」

フランは「あっ」って顔になった。オレが三歳児だって忘れてたっぽい。

「あー、すまん。とりあえず、飲み物を買ってくる。オレク、悪いがムイちゃんを見ててもらえるか？」

「は、はい！　分かりました！」

「あと、親父さんを裏で休ませてくれ。悪いな」

そう言うとフランは出ていってしまった。

初めての場所に子供を置いていく大人だ。

そういうの、アリ？

やっぱりフランも「リア婆ちゃんの子供は全方向でアレ」の法則に入ってる模様。

オレがしっかりしないとダメだね。

だってさ、放心状態の大人と、我に返るのは早かったけどまだまだ見習いの少年しかいないんだよ？　なんだかんだ、おかしい。

まあ、オレは見た目は幼児だけど心は大人なので！

残されたこの場をしっかりまとめてみせよう。


なんて決意してたのに、そう上手くはいかないよね。人生ってそんなもの。うん。分かってた。

親父さんはフラフラと勝手に奥へ行っちゃうし、見習いの子も後を追って奥に引っ込んじゃった。そのまま全然出てこないの。

仕方ないのでオレはコナスと遊んだ。

「せっせせーの、よいよいよい」

「何やってんだ」

「あっ、フラン！　ししょー」

「お前、心の中では師匠って呼んでないだろ？」

あわわわ‼

平常心よ、オレに宿れ！

大丈夫、オレはリア婆ちゃんと暮らした男。魔王様みたいなリア婆ちゃんの前でも冷静になれる男なのだ。

「なんだ、その顔。やっぱり面白いな」

「まって。それ、どういういみ？」

「ハハハ。さ、とりあえず飲め。歩き通しで疲れたろ。小さい容れ物はコナス用にな。分けてやれ。犬はさっき外で馬の水桶《みずおけ》から勝手に飲んでたみたいだからいいだろ」

いろいろ問題発言を口にして、説明もないままフランは奥に行ってしまった。

作業部屋に勝手に入っていいの、というツッコミも間に合わないまま……。

「んー。とりあえず、ハスちゃんはメッ。かってにのみくいしちゃダメっておしえたよね？」

「きゅぅぅん」

「こういうときだけ、しょんぼりのフリしてぇ！」

「わぉん！」

嘘泣きならぬ、嘘しょんぼりです。

ハスちゃんの得意技。誰も引っかからないので演技力はどうやら大根役者並みの模様。

犬の躾は、何かあったその時その場で言い聞かせないとダメなんだよ。だから今のオレの叱り方はよくない。

うむ。くどくど注意するのは止めておこうね。

オレはコナスと手遊びをする間、ハスちゃんに「突然お座り」を命じて彼に「緊張」を覚えさせることにした。

ピッと指差して「おすわり！」って言うと、一瞬だけキリッとした顔で「わぉん！」と鳴いてお座り。なんだけどぉ。

「しっぽはうごいちゃうよねー。わかるー」

オレの尻尾も言うこと聞いてくれないからね。

今も、もふんもふんと揺れてる。


そうやって待っていたら、落ち着いた親父さんと見習いの子、それからフランも戻ってきた。

なんだか親父さんがげっそりしてる。大丈夫かな。

「とりあえず、分かった。理解した。いや、理解したつもりだ。今までもフランには驚かされてきたからな。もうないだろうと思ったが、ありやがる。そう、上には上があるってことだ。仕事も同じだ。ここで終わりだと思ったらそいつの能力はそこまでのもんよ。作っても作っても、まだ上がある。そう思って挑まないとダメってことだ。なあ、そうだろ？」

なんか語り出しちゃった。

あと、自分に言い聞かせてるみたいなんだけど、ぶつぶつ語ってるからいい話のようなのに全然入ってこない。それどころかホラーだよ。

オレがドン引き状態だって気付いたのか、フランが苦笑いで肩をひょいと上げる。それがまるでハリウッドスターみたい。かっこいいのでオレも真似てみたいけど、さすがに空気を読める男なので今はやらないよ！

「よし。さあ、妖精さんをじっくり見ようじゃねぇか。動きを確認して採寸も必要だ。オレク、計り紐と紙を持ってこい！」

「へ、へい！」

見習いの子は真面目に親父さんのお話を聞いてたみたい。偉い。弟子だもんね！

オレも師匠であるフランのこと、ちゃんと見習わなきゃ。

よし、今ならできる。

ふんっ！

「ムイちゃん、どうしたんだ。肩でも凝っているのか？」

「ちがうの！」

「違うのか？　でも、さっきから動きが変だぞ。ああ、小便か。便所は裏にあるぞ。落ちないようにな。ここは古い便所だから小さな子がたまに落ちるんだ。ははっ」

待って。

ほんと、フランってツッコミどころが多くて困る。情報過多だよ。もう!!

「ムイちゃんのこれはちがうの！　おしっこじゃないし！　あと、こどもがおちるの、わらっちゃダメ!!」

「お、おう」

肩をひょいっとかっこよく上げるのが、どうして変な動きに見えるのか分からないけど、ジェスチャーって案外通じないって言うからいいんだよ。

オレは根に持たない男。大丈夫。

それより、おトイレ問題です。

落ちるの分かってたら対処しよう。子供用の板を作るとかさ。

親父さんが見習いの子と一緒にコナスの採寸を始めたので、オレはフランをちょいちょいと手を振って呼んだ。

あ、その前に親父さんに一言。

「コナスは『かわいいようせい』さんだけど、かっこいいけんをごしょもうなの。それから、わるいこじゃないんだから、へっぴりごしはやめて」

「あ、ああ、分かった」

「ぴゃ！」

「うおっ！」

うーん。溝が埋まるには時間が必要だね。

オレにできることはない。そして今、オレのできることがある。

「フランしょー。おトイレのかいぜんをようきゅうします」

「は？」

「いたをもってきて！」

「……へいへい」

フランは驚き顔だったけど、待ってるのも暇だと気付いたみたい。すぐに動いてくれた。

オレがこうやって切ってーと頼めば「ほう」と納得顔。ふふふ。オレの頭脳に驚いたね？

むふん。

それにしても「ほう」って一声だけでもかっこよく聞こえるから、つくづくイケメンっていうのはズルイのだ。


このあたりの共用トイレは階段型になった簡単なやつ。板の上に座る形なんだ。板の真ん中には穴が開いてる。ただし、大人向けだから作りが大きいの。

子供は板の上によじ登って和式便所みたいに屈むらしい。とはいえ、大人向けだから穴が大きすぎる。そのせいで落ちる子もいるんだって。こわっ。

リア婆ちゃんちだと洋風便器だし、小さい子用のおトイレもちゃんとある。

そういう細やかな配慮がさすがだよね。あ、配慮したのはルシです。

で、ここの共用トイレには配慮がなかった。これを改善するのだ。

オレの指示により、フランが作ったのはU字型になった板。穴を小さくするための板になる。これだと座っても落ちない。

ついでに小さな足場も作ってもらった。ここに乗って、お座りすればいいんだよ。小さいから、大人は足場が邪魔にならないはず。

「なるほど、これはいいな」

「でしょぉ！」

ドヤ！

オレが胸を張っていると、フランは更に一部を蝶番《ちょうつがい》みたいなので固定し始めた。

「え、すごい！」

「ムイちゃんが説明してくれた取っ手付きでもいいけど、子供だと上手く嵌《は》められない可能性があるだろう？　だったら片方を固定して、ほら、これなら子供でも上げ下げができる」

「あ、じゃあね。バタンってなったらこわいし、こわれるかもだから、しょうげきをきゅうしゅうするもくざいをつけとこ！」

「おお、そうだな。ていうか、発想がすごいじゃないか」

「そおぉぉ？」

ふふん！

嬉しくて反っていると、後ろに倒れそうになってしまった。慌ててハスちゃんが椅子になってくれた。これね、ルシが教えたんだ。ハウスも覚えたし、ハスちゃん何気に優秀。

とにかく、オレの頭脳とフランの活躍でトイレの改造が終わった。

近所の子供たちが「何してるの？」と覗いていたから、やり方を教えてあげると喜んだ。

喜ぶのはいいんだ。そのうち何が面白いのか「んこー」って叫びだした。子供だね。

しかも、試すって言って、扉を開けたまま座ろうとするんだ。オレだけじゃなく、フランも呆れて笑ってた。

トイレは皆が試してくれて問題なし。オールオッケー。大人も「これで子供たちが落ちないで済む」と喜んでくれたよ！


ワイワイ騒いでいると、ふと視線を感じた。

オレはできる男。スッと自然な感じでそっちを見た。その相手はささっと隠れてしまった。

気付かれちゃったのかなと思って追いかけようとしたら、フランが大人や子供の間から出てきた。もみくちゃにされてたんだよね。トイレを改善してくれたお礼を言われてたの。

「ったく、ガキどもときたら煩いったらないぜ」

「げんきなのはいいんだよ？」

「おー。そうだな。そろそろ店に戻るか。もうできているかもしれんぞ」

「ほんと⁉　はやくはやくっ！」

オレはさっきの視線についてはすっかり忘れ、フランの手を引いてお店に戻った。

親父さんは「削るだけだったからな」と言いつつ、オレの感謝の言葉と態度に照れまくった。

だって、もう出来上がったんだよ？　すごくない？

コナスも専用の剣をもらって感動で震えてた。

しかも！

「わぁ、ちゃんとベルトがある！」

「ぴゃ！」

「ちっちゃくて、かわいい‼」

「ぴゃぅ！」

鞘は革で作ってくれたみたい。縫い目が細かくてびっくり。

「コナス、シャキーンってやって！」

「ぴゃっ！　ぴゃぴゃ！」

「すごい、かっこいい‼」

ベルトを若干お腹寄りに回してから、右手で持って引き抜き、ポーズを取るコナス。

超、可愛い。

「あー、通常の位置だと手が届かないのか。ナスの手、短いもんな」

「ししょー！　それはいっちゃダメなの‼」

フランはハリウッドスターポーズで肩を上げて笑った。ＨＡＨＡＨＡって、笑う感じ。ただ、そこは笑うところじゃない。

幸い、コナスには聞こえてなかった。とにかく嬉しいみたいで、剣の角度を変えては見入ってる。シャキーンポーズも堂に入って、さすがオレの仲間。

うむ。

これは、もう、冒険しかないんじゃないかなっ？

「ムイちゃん、鼻息荒いが、余計なことを考えてないだろうな？」

「よけいじゃないよ。ムイちゃんは、いまからギルドにいってとうろくするの」

「待て待て待て。まだ三歳のムイちゃんは会員になれない」

「よびえきでも？」

「また、変な言葉を……。誰が教えるんだ。ったく。とにかく、まだダメだ。訓練するんだろ？」

「うん」

しょんぼりしてしまった。尻尾も床を掃いちゃう。

オレの心以上に尻尾は雄弁なのだ。そうだよね、お前も悲しいよね？　分かる。

心で話しかけていると、フランが溜息を吐いて笑った。

「ひとり芝居してもダメだぞ」

「えっ」

「まあ、見学はしてもいい。連れていってやるから、それで我慢するんだ」

「いいの!?　わーい!!」

「ぴゃ!!」

「わぉん!!」

心の中がダダ漏れだったみたいだけど結果オーライ。

フラン大好き。

コナスもハスちゃんも喜びを爆発させた。させてしまったので、親父さんに怒られた。

「人の店で騒ぐんじゃない。それと、話を最後まで聞かんか」

「はい！　なんですか、おやじさん！」

「親父さん……。いや、お前さんが持っている剣と同様、その妖精の剣も刃は研いでいない。だからといって切れないわけじゃない。気をつけて使うんだ。分かったな？」

「はい！」

「ぴゃ！」

「わぉん！」

「あ、ハスちゃんはかんけいないのでだまっててね？」

「わぉん」

「剣は玩具じゃねえんだ。持ったまま走り回るんじゃない。それだけだ」

「ぴゃ」

コナスは剣を仕舞って、ぺこっと頭を下げ（？）謝った。うちの子、偉い。

オレもちゃんと謝るよ。騒いじゃったし。

「おみせでさわいでごめんなさい。これからは、おちついて、こころのなかでよろこびます。あと、コナスにけんをありがとう。ムイちゃんのけんも、つくってくれてありがとうございます！」

「お、おう」

「ムイちゃんがりっぱなぼうけんしゃになったあかつきには、ここのおやじさんのおかげだってせんでんするね！」

「……おう」

親父さんと見習いの子も、オレの完璧な謝罪とお礼に感心したみたいだった。

ふふふー。

＊＊＊

冒険者ギルドの見学に行けることになったオレたちは、足取りも軽くフランに付いていった。

前回はルシがささーっと説明して、あっという間に連れ出されたからね。

今回はしっかりバッチリ見学するのだ。


扉の前に立つと、なんだか興奮しちゃう。オレはふんふんっ気合いを入れて扉を押した。

開かなかった！　なんで！

「ムイちゃん、何してるんだ。遊んでるのか？」

「あかないの！」

「ああ、重いからな。暴れる奴が多いせいでよく壊れるんだ。今回は鉄製に取り換えたんだとよ。ははは」

そこ、笑うとこ？

オレはぷんっと怒って尻尾でフランを叩いた。

「どうした、甘えてるのか？　よしよし。抱っこしてやろう」

「ちがうー」

「違うのか。赤ん坊ってのは分からんな。ま、中に入るぞ」

赤ん坊でもない！

抗議しようとしたけど、フランはオレをサッと抱っこしてギルドに入ってしまった。そしたら当然オレの意識は中に釘付《くぎ》け。

仕方ないよね！

オレは早速、周りをチェックした。

ふむふむ。依頼ボードに、受付に、ビールを飲んでる冒険者‼

いかにもな風景に、オレの気分は上がりっぱなし。尻尾もご機嫌になってしまった。

釣られてハスちゃんも尻尾ぶんぶんだし、コナスも頭のヘタがひょこひょこと動いてる。髪の毛（たぶん）が動くなんて、なかなかの芸達者。いいなー。

オレは眉や耳を動かそうとしたら顔がグギギってなるタイプだから、余計に羨ましい。レッサーパンダの時も耳は自由に動かせないの。勝手にピピピってなっちゃう。尻尾なんて自由すぎるからね。

それより、ギルドの見学だよ。オレはフランに「あっちいって」「こっちも」と指示を出して動かした。フランはロボット役をきちんとやってくれましたよ。

ルシほど上手じゃないけどね。

受付には綺麗なお姉さんがいて、オレのテンションは最高潮。お暇な時間帯だったみたいで、ニコニコ笑って相手をしてくれる。

「フラン様、とても可愛らしい獣人族の子ですね」

「ああ。母さんのところのだ」

「まあ！　白竜様の？」

可愛い小さな角持ちのお姉さんは顔を赤くした。待って、何ゆえ、リア婆ちゃんのお話で顔が赤くなるの？

そこは王道だと、冒険者Sランクのフランを見てポッとなるべきじゃない？

あと、オレみたいな可愛い子にキャーとなるところだよ。

「あらっ？　あの子どうしたのかしら。フラン様のお連れの子？」

「ねえ、可愛い赤ちゃんがいるわよ」

「なんて愛くるしいのかしら」

他の受付のお姉さんたちがキャーと騒ぎ始めた。オレにじゃないよ。だって、視線がずっと後ろなんだもん。

何、どういうことなのと、オレは振り返った。そしたらフランまで振り返ってしまって。そうなるとオレの目線は逆戻り。

「もう！」

「うん？」

「ムイちゃんもみたかったの！」

「そうか」

フランはオレを抱き直した。くるっとひっくり返し、脇の下に手を入れて両手で抱き上げる格好。そのせいでぶらんぶらん。

なんで。


まあいいや。視界は良好。遮るものなし。ぶらんぶらんされたまま、オレは入り口付近を見た。大きな冒険者男がドアを開けたまま下を見ている。

そこにはオレと同じぐらいの大きさの、獣人族の子がいた。

「じゅーじんぞく？」

「そうだな。耳が上にある。黒いな」

熊かな？とフランが呟《つぶや》く。

オレもじいっと観察。ただ、耳だけじゃ分からないんだよね。尻尾が見えないし。お顔は垂れ目系の可愛さ。

お尻がぽってりしてるからまだオムツみたい。赤ちゃんってそれだけで可愛いのに、まんまるのお尻って反則級に可愛い！

オレたちが眺めていると、赤ちゃん獣人族もこっちに気付いた。あっ、って顔してる。

その時、扉を開けたままにしていた冒険者男が困った顔でフランを見た。

「フランの知り合いの子じゃないのか？　ほら、お前も。立ち止まってないで、開けてやったんだから行ってこい」

「は、はいでちゅ！」

きゅんっ！

オレだけじゃなくて、冒険者男も周りの人もみんなが胸を押さえた。だってだって「でちゅ」だよ⁉


その子はよちよち歩いてフランの前に来た。オレ、まだ、ぶらんぶらんされたまま。

あの、降ろして？

空中に浮遊したまま赤ちゃんを見下ろす図はダメだと思うんだ。

「フランちゃんでちゅね？　ぼく、プルンでちゅ」

「お、おう」

「もしかして、かくしご？」

思わず心の声が飛び出てしまった。フランがガクッとなって、オレの体は揺れた。

「ムイちゃんは黙ってような」

「うむ！」

賢くお返事！　でも、体はぶらんぶらん。

コナスがちょっぴり心配そうに定位置のポケットからオレを見ている。

ハスちゃん？　ハスちゃんはそんなこと気にしない男なのだ！　なんたって今の状況関係なく、隣のパブっぽいスペースでお肉食べてる冒険者の近くにスタンバイ。何目的か、すぐに分かっちゃうよね！

「ぼく、かんちちてまちた」

「……うん？」

かんち。かんちって、何。赤ちゃん言葉って難しいよね。

オレは早速、解読タイムに入った。早押しクイズに挑戦する気持ち。

よく考えたら早押しクイズって脊髄反射で動ける人用にできてると思うの。

そういうのオレ、ちょっと苦手。

フランもダメだったみたい。天井を見て思案中。のフリして、たぶん何も考えていないに一銀貨。てことは、オレの財布の中身が増える!?

「ちゅいちぇきもちてたでちゅ」

「ほう？」

あれ？　ねえ、オムツした赤ちゃんなのにお話できてる！

も、もしかして、この子はスーパー赤ちゃんじゃない？

ハッ！　これってまさか！

「ムイちゃんに、ライバルとうじょうなの‼」

＊＊＊

フランがオレをようやく床に降ろしてくれた。何故かスーパー赤ちゃんの隣に。くるんと回されて、フランと向き合う格好。なんで。

並ばされて、まるで容疑者です。

だって、フランときたら職務質問するおまわりさんみたいな目をしてるんだ。

迷子扱いなのはスーパー赤ちゃんだけでいいと思う。

「ムイちゃんは黙ってような？」

「はーい！」

オレは口を手で押さえた。

「で、そっちのチビだが」

「プルンでちゅ」

「……プルンはひとりで来たのか？　親はどこにいるんだ」

スーパー赤ちゃんが分かんないって顔をしたので、オレが通訳してあげた。

「ママとパパだよ。えっと、おかあちゃまとおとうちゃま、もアリ。ちちははもあるね。あっ、はんこうきだと、くそばばあ？」

「お前、どこでそんな言葉を覚えてくるんだ。母さんが聞いたら泣くぞ」

「くそばばあはリア婆ちゃんがいったんだよ」

前に「ムイも反抗期になったら、あたしに『クソババア』って言うのかね？」って、笑いながら言ってたんだ。たぶん、あれはオレに呼ばれたいんだよ。そんな気がする。リア婆ちゃん、変なとこあるから有り得る！

「意味が分からん。ったく。じゃなくて、プルンの話だったな」

「はいでちゅ！」

「よしよし、これが普通の赤ん坊だ。で、ママとパパはどこだ」

決して普通の赤ん坊ではないと、たぶんオレだけじゃなくて周りの人も思ったはず。受付の女の人も首を傾げてるし。


ところで、隣のパブではとうとう根負けした冒険者男からハスちゃんが獲物をゲットしていた。えええ！　いつの間に‼

「ママとパパはいないでちゅ。あるじちゃまならいまちゅ」

「あるじ？　主か。で、そいつは子供を見てないでどこをほっつき歩いてるんだ」

誰か知らないか？とフランが見回すけど、皆一斉に首をぶんぶん横に振った。

オレも一緒に振った。コナスもです。可愛いね、コナス。

「迷子か。仕方ない。保護者を捜すぞ」

「でしたら、依頼にしましょうか？」

受付の女の人が心配そうに言う。

「ああ、ちょうどいいかもしれんな。依頼料はオレが出す。書類を作ってくれ」

「あら？」

「ギルド見学をしていたところだ。ムイちゃんに依頼を見せてやりたい」

「まあ、それはいいですね。そう言えば、白竜様のところから、先輩に連れられて後輩の方々が見学に来られていましたものね。懐かしいです」

「そんな可愛い言い方で済むか？　あいつら、桁違いに変だったろ？」

「ええ。ですから、本物の冒険者はこうだと見せるために連れて来られたみたいですね」

「だろうよ。おかしなのばっかりだったからな。その点、こいつはまともだ」

「お可愛らしいですものね」

むふ。

オレはドヤッと胸を張った。ふふふ、オレはフランも認める「まともな」男なのだ。

「よし、じゃ、依頼書を作っている間に聞き込みだ」

「ききこみ！」

「プルン、あっちでジュース飲もうか」

「じゅっちゅでちゅ！」

スーパー赤ちゃんことプルンは、キャーと嬉しそうに喜んだ。うむ、可愛い。その可愛いプルンを、フランがスッと抱き上げて抱っこした。

あ、あれ？

見上げていたら、フランがオレを見て「ついてこい」って感じで頭を動かした。顎クイ？ 違う？ あ、そうだ、姉ちゃんたちがキャーキャー騒いでた勘違い男子の告白パターン。姉ちゃんたちは「顎クイなんて現実にされたら腹パンだよね」って言ってて、ベッドの上で聞いてたオレは涙目になったんだっけ。絶対やらないでおこうって誓ったもん。

過去を思い出して震えていると、フランがスタスタ歩いていった。オレは慌てて後を追ったんだけど、その時にプルンがこっちを見ていることに気付いた。

プルンがオレを見て笑った。

抱っこしてもらえて嬉しかっただけだよね。

なのに、ちくんと胸が痛くなった。「選ばれたのは自分だ」と、自慢されたみたいな気がしたんだ。

オレ、ドキドキして足がゆっくりになった。

まあ、そんなの一切関係なくて、なんだったら繊細なオレにも一切気付かない男ハスちゃんが「あっち」にはいるわけで。

ハスちゃんてば「あっ、飼い主様が来たぜー！　いやっほぅー！」って顔して飛んできた。

しかもベロベロお顔を舐めるんだもん！

「やーめーてー。ハスちゃん、さっきおにくたべてなかった？　おかおがぁ！」

「おいおい、大丈夫か。お前んとこの犬だったんだな。悪い、こいつに強請《ねだ》られて少しやっちまったんだ」

「ぼうけんしゃしゃん」

「ははは。顔がベタベタじゃねぇか。よし、拭いてやろうな」

「ぐ、ぐぬぬ……」

お顔ぐいぐい拭くの止めてもらえませんかね。

でもさっぱりした。ふう。

オレが落ち着いた頃、フランが来てくれた。呆れた顔してハスちゃんを注意してる。それから、冒険者男に声を掛けた。

「よう、タック。うちのが悪かったな。ところで、もう飲んでるのか？」

「仕事明けなんだ、いいだろ」

「そうか。じゃ、頼めないか」

「どうした？」

「あそこに座らせている獣人族の赤子が迷子らしいんだ。今から依頼を受けて捜すが、お前も一緒だと有り難い」

「人捜しぐらい、お前ひとりで問題ないだろ？」

「それが、あっちも赤ちゃん、こっちも赤ちゃんがいてな」

分かるだろ？と目配せしてるけど、オレ目の前にいるからね？

あと、オレは赤ちゃんじゃないもん！

それに、依頼はオレも一緒に受けるんだから。つまり、オレも冒険者なのだ！

「ムイちゃんもさがすの！　ぼうけんしゃみならいなんだからね！」

「お、おう。なるほど、そういうことか」

「な？　だから、慈善事業だと思って助けてくれ。今度奢《おご》るから」

「おー、分かった分かった」

というわけで、オレは初依頼を受けることになったのだった。

オレはタックという冒険者と一緒に聞き込みを始めた。

最初はフランがオレと組むはずだったのに（リア婆ちゃんにオレを任されたのはフランだからね）プルンが嫌がったんだ。

歩くの疲れちゃったみたい。抱っこするにしても、知らない冒険者より最初に顔を合わせたフランの方がいいんだろうね。くっついて離れなくなった。

そしたら、お兄ちゃんのオレが引くしかない。オレは胸を張って、もうひとりのパーティー仲間であるタックと「ふたりで捜す」って宣言した。ふふん。

本当はコナスとハスちゃんがいるから大丈夫なんだよ。でもほら、一応オレはまだ幼児だから保護者が必要なのだ。

見守ってくれる誰かがいると安心なのも本当。

だから二手に分かれて捜すという案も全然オッケー！

フランとタックは打ち合わせをして「二時間捜して何もなかったら一旦ギルドに戻る」と約束してた。オレもコナスとハスちゃんと打ち合わせ。頑張ろうねって話して、振り返った。

そしたら、フランはこっちなんて見ないまま通りの向こうに行っちゃった。

また、胸がちょっぴりちくんとした。

「大丈夫か？　お前も一緒にあっちと行けばよかったんじゃないか？」

「それだと、とうしょのおねがいのいみがないもん」

「あー、そりゃ、そうだが。確かに、子供ふたりの面倒を同時に見るのは難しいからな」

「そーゆーの、ちゃんとべんきょうしないと、およめちゃんにきらわれるよ？」

「お、おう」

「フランはひとりみだから、ダメダメなの」

「俺も独り身だけどな」

「そうなの。あの、ごめんね？」

「…………」

それからしばらく、オレたちは無言になってしまった。悪いこと言っちゃったのだ。反省反省。


よし、気分一新して初依頼を完了させるぞ！

オレは「ふんっ」とやる気になってフランたちとは反対側の道を進んだ。するとタック先輩が「待て待て」ってオレを止めて、

「闇雲に歩いてもダメだろ？　聞いて回るのが一番だ」

なんてことを言う。

でも、実はオレには秘策があるのだ。フフフ。（ふふふ、じゃないよ。フフフなのである！）

オレは短い人差し指を横に振った。……ちょっぴり中指も立ってたかもしれない。

「だいじょうぶ！　ハスちゃんがくんくんくんしてたからね！」

「お、おう」

「ムイちゃんは、じゅーじんぞくなのでくんくんはしなかったの」

「そ、そうか」

オレよりもハスちゃんの方が嗅覚は優れている。改めて、ルシが躾をしてて気付いたんだ。聞いた時はまあまあショックだった。

前に犯人を追い詰めた時、オレの方が先に見付けたんだもん。

それを言ったら、ルシは「嗅覚が優れているのと頭の賢さは比例してるわけじゃないからねぇ」って笑ってた。

んん。つまり、ハスちゃんは嗅覚は優れていたけど「犯人を追う」という事実について、あの時は理解してなかった。うん、そうだった。思い出した。


だ・け・ど！

今回は違う。

なんたって、ハスちゃんはルシの厳しい躾を受けたんだからね。

「ハスちゃん、でばんだよ！」

「わぉん！」

「あ、まって。ハスちゃん、めっ。おじちゃんのおしりはくんくんしちゃダメ」

匂いの上書き禁止！

オレはハスちゃんを叱って、懇々と諭した。

「さっきの、あかちゃんのにおいをおもいだして。せっかく、くんくんしたんだからね。いまから、あとをおうんだよ」

「ぉん」

「いいところみせないと！」

「わぉん！」

「ぴゃっ」

「コナスもおうえんしてるって。あとね、がんばったらおいしいのがまってるよ！」

「わぉん‼」

ハスちゃんは興奮して尻尾を高速で振り回すと走り出した。リードを持ってたオレ、吹っ飛ばされかけて、慌てたタック先輩に掴まれるという目に遭う。

「ハスちゃーん‼」

「わぉーん‼」

ハスちゃんはリードを引きずったまま、遥《はる》か彼方《かなた》へ行ってしまった。

「おい、あれ、どうするんだ」

「えと。きっとさがしだしてくれると、しんじてます」

「そ、そうかよ。まあ、戻ってくるか。それまでは地道に聞き込みだ」

「あい」

オレは静かにお返事して、ゆっくりと地面に降ろしてもらった。


冒険者ギルドを少し離れると公園があって、屋台が出ていた。オレたちはお店の人に聞いて回った。

たくさんだよ？　なのに、誰も「小さな子は見てない」って言う。

あまりに同じ答えで変なんだよね。だって公園には小さな子もいるんだから。そりゃ、赤ちゃんサイズの子はひとりでいない。赤ちゃんは大人が抱いてるものだもの。女の人だと乳母車みたいなのに乗せて歩いてる。

そこで、オレはふと気付いた。

もしかして、そもそも見えてなかったんじゃないかって。

何故なら聞き込みの途中、皆さん、どこから声が聞こえているか分からないって感じだったの。

途中からオレはタック先輩に抱えてもらった。その体勢で聞き込みしてた。そうじゃないと気付いてくれないから。

「タックせんぱい。おろして」

「なんだ、その先輩って」

「おろしてー」

「分かった分かった」

降ろしてもらってから、お店の人に聞いてみた。

「ムイちゃんのこと、そこからみえる？」

「うん？　チビちゃんのことか。いや、見えないな」

「だよねー！」

「あっ、もしかして」

あ、じゃないんだよ、ワトソン君。ダメだなー、もー。

「屋台の位置からじゃ、小さいのが通っても分からないか。しまったな。公園の親子連れはー、しまった、もう帰ったか」

「パトロールさんにきくのは？」

「お、そうだな。近くに詰め所があったはずだ。行ってみるか」

「タックせんぱい、だいじょうぶ？　ムイちゃん、ふあん」

「待て待て。俺は上級冒険者だぞ。強い相手なら倒せるんだよ。人捜しは初めてなだけだ」

「ますます、ふあん」

「だ、大丈夫だ。任せとけ。とりあえず、警邏隊の詰め所へ行くぞ」

そう言うとオレを急いで抱き上げ、走り出した。

警邏隊の詰め所でも情報はなかった。親からの迷子届もなければ、不審人物に関する情報も全くナシ。

オレとタック先輩は途方に暮れた。

あ、そうだ、ついでにハスちゃんの迷子届も出しておかないとね。まだ戻ってこないんだもん。全くもう。

「いちおう、まいごふださげてますので！」

「そうかそうか。分かったよ。首輪はしていると、了解」

書類に書き足してくれた警邏隊の人、ありがとう。

「ごめいわくをかけます！」

「いやいや。それにしても、しっかりした子だね。タック、お前の子か？　いつの間に結婚したんだよ」

「俺のじゃねえよ。フランのところだ。あ、フランが結婚したわけでもないからな？」

「フラン様の？　結婚してないのに子供を作ったのか？　まさか」

「待て待て。そうじゃない。コイツは」

「ムイちゃんです！」

「あー、そうだったな。ムイちゃんは白竜様のだよ」

「えっ」

警邏隊の人たちが固まってしまった。

皆さんギギギって感じで恐る恐るオレを見て、ゆっくりと首を傾げた。

なんで。

どういう意味か分からないけど、オレはここで丁寧にご挨拶することにした。

「リア婆ちゃんのつかいま、ムイちゃんです！　えっとね、でもまだみならいなの。あとね、ぼうけんしゃもみならいとちゅう？」

「へぇぇぇ、そうなんだね」

ついでだから仲間も紹介しておこう。

オレはコナスをポケットから取り出した。コナス、すでにポーズを取ってる！

「このこはコナス。ナスのようせいなんだよ！」

「ぴゃっ！」

「ひゃっ！」

何故か同じように叫ぶ警邏隊の人たち。コナスと同じ甲高い声なのが面白い。おじさんたちって普段は太くて低い声なのにね。

「コナス、みんなまねしてよろこんでるよ。よかったね！」

「ぴゃ！」

「喜んでるか？　まあいいけど。とりあえず、白竜様のところの子だから覚えておいてくれ。犬も見付けたらギルドに連れてきてくれるか」

「あ、ハスちゃんは、リスト兄ちゃんのおうちでおねがいします！」

「リスト兄ちゃ……って、それ、宰相様のことかぁぁ」

警邏隊の人って固まるの好きだね。また、動きを止めてしまった。

リスト兄ちゃんは怖い人じゃない。もしかして役職が怖いのかな？

うんうん。そうだよね！

「わかるー。さいしょうってだけで、すごくえらそうなかんじだもんね！」

「何を言ってるんだお前は」

「だいじょうぶだよ。リスト兄ちゃんはこわくないから！　このあいだもムイちゃんが、パンケーキを『あーん』してあげたの。そしたらね、こーんなおかおしてニコニコしてたから！　ほんとうは、とってもやさしいんだよ」

ふふふ。リスト兄ちゃんのいいところを教えてあげたよ。そうだ、もっと広めてあげると人気者になるかも！

「あとねあとね、あごがびょーんってするの。おもしろいでしょ！　あっ、あごびょーんはムイちゃんがささえてあげたんだよ」

「おい」

「それでね！　リスト兄ちゃんがおとまりのときはムイちゃんといっしょじゃないと、ねられれ、あれ？　んーと、ムイちゃんとねんねじゃないと、えーんなんだよ」

噛んじゃったので分かりやすい言葉で言い直した。

オレが小さい頃、ルシが「ムイちゃんは時々『えーん』となるねぇ」って言ってたんだ。それ以来、ぐずって寝ないことを「えーん」と言うのだ。

ちゃんと伝わったかな？

「えーん……」

「ねんね……」

「あーん……」

「おい、もうそのへんで止めておこう。な？　宰相様が不憫《ふびん》だ」

んん？　どゆこと？

オレは首を横に倒した。倒しすぎると斜めになってコロンってしちゃうから適宜調整なのだ。

「うん、まあ、よく伝わったと思う。つまりアレだ。なんだったっけ。あー、とにかく、犬は宰相のお屋敷に、だな。頼んだぞ」

警邏隊の人たちはロボットみたいにカクカク頷いて、その場に座り込んでしまった。お仕事大変なんだね。お疲れ様です。

詰め所を出ると、また聞き込み開始。

だけど誰も赤ちゃんのこと知らないって言うんだ。この国は竜人族が多いから獣人族の赤ちゃんなんて珍しいのに。おかしいなあ。

「似顔絵を描いてもらえばよかったかな」

「だーれもみてないから、えをみてもわからないとおもう」

「うっ、そうか。ムイちゃん、賢いな」

てゆか、タック先輩がちょっとダメな感じ。

安心して。オレは優しい男。目の前でそんなことは言わないよ。慈愛の目で見守るだけです。

「なんか変なこと考えてるだろ」

「ううん！」

「目付きが変なんだよ」

「カンガエテナイヨ！」

こういう時は言い張るのが一番。オレの必殺技「押し通す」なのだ。

それはそうと、まだまだ三歳のオレはちょっぴり疲れてきちゃった。

コナスもポケットの中で静か。覗いたら、萎れてた‼

「たいへん！　きゅーけー、きゅーけーをしょもうします！」

「また意味の分からんことを。って、休憩か。そうだな。ちょっと休むか。よし、あそこの屋台でジュース買おう」

「わーい！」

ついでに、萎れたコナスのために新鮮なお水もお願いします！

コナスは何も食べなくても大丈夫だけど、お水は必要なのだ。


お水をもらえたコナス、復活！

萎れていたヘタ、じゃなくて髪の毛？　がシャキーンとなった。お肌もつやつやです。まるで食べ頃色。も、もちろん食べないよ。だから一瞬こっち見て震えるの止めようね？

オレもジュースを飲んでまったりー。

「おいちーね」

「おう。絞りたてだからな。新鮮だ。まあ、ビールの方がもっと美味いんだが」

「ひるまっからのんじゃうの、ダメじゃない？」

さっきもギルドで飲んでたんだよね？

「それがいいんじゃないか。背徳の味だ」

「ダメなおとなー」

「るせー。仕事の後の一杯は許されるんだよ！　これが楽しみで仕事頑張ってんだ」

一杯じゃなかった気がするけど、タック先輩の言葉は姉ちゃんを思い出させた。一番上の姉ちゃんも仕事終わりの一杯が美味しいとしみじみ語ってたんだ。

オレもビールがどんな味なのか飲んでみたかったな。

あっ、もしかして今じゃない？　今なら飲んでいいんじゃないかな⁉

「タックせんぱい、いっぱいなら、のんでもいいよ？」

「あん？　どうしたんだ急に」

「ないしょにしてあげる」

「……何を企んでるんだ」

企んでるって、ひどい言い方！

ちょっとした好奇心です。もちろんオレは賢いので言いませんよ。ふふふ。

「おかいもの、したいの。タックせんぱいのために、かってくるね！」

「おい」

「おかねは、ガラドスのおさいふにはいってるの」

「そ、それ、まさか『破滅の三蛇ガラドス』じゃないのか⁉」

「んふふ。わかる～？」

「俺は上級冒険者だぞ。分かるに決まってんだろ。ていうか、ガキに『破滅の三蛇ガラドス』の財布を持たせるなよ！　お前んとこの保護者たちは一体何考えてんだ」

「って、リア婆ちゃんにつたえたらいい？」

「すみません、ごめんなさい。止めてください」

「じゃあ、かってくるね！　あとでかえしてね！」

「奢ってくれるんじゃないのかよ。いや、ガキに奢ってもらうつもりねぇけど。あ、おい待て、一杯でいいからな？　ほら、銅貨だ」

きっちり一杯分の銅貨をくれたので、オレは急いで屋台に向かった。

お店はすでに把握済み。さっき屋台で何が売っているのかチラチラ見てたんだ。オレ、探偵にもなれそう。むふ。


タック先輩からは見えそうで見えない位置取りを確認したオレは、ビールを一杯頼んだ。

お店の人は「お父さんのお使いかい？　偉いね」って褒めてくれた。

その横で「何言ってんだいアンタ。こんな幼児に昼間っからビールを買いにこさせるなんざ」と隣の店のおばちゃんが怒ってる。

お店のおじさん、あたふたして「仕事終わりなんだろうさ」と言い訳してた。そうだよねー。

だからおじさんもお店を開けてるわけだし。

オレはビールを持って帰るフリして、少し遠回り。

小さい子供がコップをちゃんと持てないのは当たり前。演技派のオレは「おっとっと」とよろけるフリでコップに口を付け――。

「こら！」

「ふわっ」

「何かコソコソしてると思ったら、そういうことか！」

「な、ななな、なんのこと？」

「それで隠してるつもりか？　知らないフリが下手くそすぎるだろ。ほら、コップをこっちに寄越せ」

って、ビール取り上げられちゃった。残念。

「ガキがビールなんざ十年早い」

「じゅうねんごならのんでいいの？」

「お前、今三歳だっけ。だったらダメだ。この国の飲酒年齢は十八歳からだ」

「ぶー」

「もし仮にお前が飲んじまうと、一緒にいた俺が罰せられるんだぞ」

「え、そうなの？」

「おう。しかも保護者が反省文を書かされる」

「はんせいぶん‼」

「だから親は子供にげんこつどころじゃない説教をする。そりゃあ痛い。延々と怒られるしな」

「タックせんぱい、やっちゃったんだね？」

「………」

黙っちゃった。そっか、タック先輩は子供の時からダメだったんだね。

オレはダメな大人にはならない予定なので、味見するのは止めることにした。

それに何より怖いことがある。

「リア婆ちゃんがはんせいぶんかくの、きょうふ」

「そ、そうだな」

「ムイちゃん、わるいこはやめます」

「そうしてくれ」

でも、ちょっとだけ想像しちゃう。

あのリア婆ちゃんが反省文書くんだよ？　ふふふふふふ。

「おい、顔が悪くなってるぞ」

「おかおはわるくないもん！」

速攻で返したけど、一応、お顔をもみもみ。うむ。大丈夫。元に戻ってる。オレは悪い大人にはならないのだ。いい子でいきます。

それに、反省文はリア婆ちゃんじゃなくてルシが書くんじゃないかな。冷静に考えると、そう。

ルシなら笑って書いてくれるはず！　ぐわっしゃっしゃ、って！

「お前また顔が」

「ムイちゃん、ムイちゃんなの！」

「分かった分かった。ムイちゃん、表情を可愛いのに戻そうな？」

「はーい！」

でもオレ、いっつも可愛いお顔してるよ⁉

顔が悪いとか風評被害。言い方、気をつけてー‼

第五話　推理と個性豊かな息子たち

寄り道しつつも本題は忘れない、それがオレ、未来の冒険者です。

というわけで引き続き、依頼の人捜しをしてるんだけど、時間が経てば経つほど難しくなるわけで。

元々、だーれも赤ちゃん獣人族見てないからね。

ふわっと突然現れたんだもん。


ふわっと突然？

あれ？

でも、オレ、ちょっと気になってるんだ。あの視線をどこかで感じたの。

どこだっけ？

「ムイちゃん、安定しないから素直に抱っこされてくれ。なんで腕を前で交差させる必要があるんだ？」

「うで、くんでるの。しあんちゅうだから、タックせんぱいはだまってて！」

「組めてないよな？」

「くめてるよ？　ほら！」

「ぴゃっ」

「あー、そうだな。ところで、そこのポケットから顔、顔？　出してる妖精は何してるんだ？」

何してるって何が？と見下ろせば、コナスがキラキラした目でオレを見ていた。

「コナス、どうしたの？」

「ぴゃぴゃ！」

「うんうん」

「さすが、飼い主だな。妖精が何を言ってるか分かるのか」

「まかせて！」

本当はハッキリとは分からないんだけど、大体伝われば問題ないと思っているのでセーフ。

「ぴゃぴゃぴゃ！」

「ふんふんふん」

「ぴゃぴゃぴゃっ」

「ふーむ、なの」

「ぴゃー！」

「おー！」

コナスが自分の剣を掲げて雄叫びをあげたので、オレも一緒になって腕を上げた。

「お、分かったのか。で、何て言ってるんだ？」

「えっと、うんと、そうだ！　あっち」

「おい、お前本当に分かってるのか？」

「あっち！」

必殺「押し通す」爆裂！

タック先輩は呆れた顔したけど、すぐにコナスが指差した方へ向かってくれた。

コナスは剣をあっち、こっちと向けているから結果的に合ってたみたい。なるほど、道を示してたんだね。

でもどこに向かってるんだろ。これだと来た道を戻ることになりそう。

と、思っていたらギルドを素通りした。そのままずんずん進んで到着したのは、まさかの。

「かじやさん！」

「おー、なんだ、ここかよ」

タック先輩も知ってたみたい。さすが有名な鍛冶屋さんだ。

そのお店の前で立ち止まると、オレはコナスに聞いた。

「ここでいいの？」

「ぴゃっ」

「あいさつしたかったの？」

「ぴゃぴゃ」

体が左右に揺れる。首を横に振る真似だね。うん、可愛い。

オレはコナスのヘタをなでなでして笑った。

「ぴゃ」

「んーと、もしかしてコナスもひとさがしのおてつだい？」

「ぴゃ！」

「えー。じゃ、じゃ、ヒントがここにあるってこと？」

「ぴゃぴゃ‼」

すごい！　コナスすごくない？　天才！

「ヒント、ヒント、ううん。なんだろ？　ムイちゃんも、さっきからひっかかかか……」

「噛んでるぞ」

「かか、なの」

「諦めたな」

「ヒントすらだせないタックせんぱいはだまってて！　うーんと、えーと」

オレがうんうん唸ってたら、鍛冶屋さんから見習い少年が出てきた。

「表で何騒いでるんだ、って、お前か」

「ムイちゃんだよ！」

「はいはい。で、何してるんだ？」

「うふー。ひとさがしのいらいをうけたんだよ」

「なんか腹立つ顔するなー。って、人捜し？」

「そうなの。じゅうじんぞくのあかちゃんがまいごで」

「獣人族の赤ちゃん？　そういや、さっき近所のガキが変なこと言ってたな」

「へん？」

「モフ耳の小さな子がウロウロしてたらしいんだ。この店を覗いていたってよ。だから、変だよなーって話になってさ。小さな子は鍛冶屋になんて用はないだろ？」

「ちいさなこ……」

「近所のガキの妹と同じぐらいの歳じゃないかって話だから、そうだな、お前より少し下かもしれない」

「ムイちゃん」

「はいはい。だから二歳か、もうちょっと小さいぐらいか？」

「あ、そのこだとおもう」

「じゃ、親が近くにいなかったか、聞いてみる。待ってろ」

「ありがと、みならいしょーねん！」

「オレクだ！　見習い少年じゃねぇよ！」

「ムイちゃんも、ムイちゃんなの！」

「ああ、もう、分かったよ。ムイだな」

「ムイちゃん！」

「はぁ、ムイちゃん、だな！」

「そうなの！　オレク、ありがとー！」

見習い少年オレクはブツブツ文句を言いながら裏手に走っていった。


子供たちの証言を集めて分かったのは、獣人族の赤ちゃんが鍛冶屋さんを覗いてるのを更に覗いていた変態さんがいる、という事実だった。

「ひょー！　へんたい‼」

「そうだな、変態だな。ていうか、ムイちゃんはどこでそんな言葉を覚えてるんだ。白竜様に限っておかしな教育はしないだろうし、使い魔の先輩たちか？」

タック先輩が危険な想像を始めたので、オレは慌てて止めた。

お口をムギュッ。

「ちょ、何するんだ」

「えんざいがうまれるまえに、しまつするの」

「おい！」

「まちがった！　えーと、せんぱいのわるぐちはやめて！」

「悪口まだ言ってないからな？　聞いただけだぞ？」

そこに、オレクが割り込んだ。

「なあ、本当に人捜ししてるの？　赤ちゃんが迷子ってヤバいだろ。ちゃんと話を進めようぜ」

そうだよ、タック先輩！

って注意しようとしたら、その前に「お前もだぞ」って顔でオレクに睨まれちゃった。

オレとタック先輩、しゅん。

「とにかく、変態野郎の服装とか聞いたから。そいつを捜した方がいいな。もしかしたら誘拐かもしれないいんだ。こっちも近所で聞いておくから」

なんか、オレクの方がちゃんとしてるっぽい。オレとタック先輩はやっぱり、しゅんと肩を落としたのだった。


今度の聞き込みは上手くいきました。

なんたって変態男は成人男性みたいで、しかも目立つ格好をしてたんだ。分からないわけないよね。

出てきた証言をまとめると。

「まっしろいコートにゴーグルかけて、あたまがボサボサ？」

「竜人族でがっちり体型なのに猫背？」

「ブツブツ言いながらメモ取ってたってさ」

「ぴゃー」

四人（ひとりだけ単位に悩むけど）顔を寄せて話し合う。

人は見かけじゃないって分かってる。でも大半の人は格好を気にするよね。

こだわらない人というのは、我が道を行くタイプなのかもしれず。つまり、その人は変態というより変人なのでは？と思ったりするわけです。

「このあたりじゃ見たことない奴だってさ」

「んじゃ、ふりだしにもどる、だね」

「ふりだし？」

「坊主、ムイちゃんの言うことは気にするな。それより、似顔絵を描いてくれたのは助かる」

「あ、うん。近所の姉ちゃんがこういうの得意なんだ。なんか、服を作ってる店で働いてるからだってさ」

お昼休みで戻ってきてたところに皆が騒いでいたから、協力してくれたらしい。いい人ー。

ご近所さん同士の助け合い大事！

お姉さんには年頃の妹ちゃんがいるから、変態に狙われたら大変って言って似顔絵を描いてくれたんだって。近所に配る分も描くって張り切っているらしいよ。

オレは「すごいー」と合いの手を入れてたんだけど、その絵を見て「あれれ」ってなった。

「どうした、ムイちゃん。知ってる奴なのか？」

「うーん」

「腕、組めてないぞ？」

「それはいいの！　もう、じゃましないで！」

「お、おう」

「おじさんさぁ、もうちょっとコイツにガツンと言ってもいいと思うぞ？」

「おじさんじゃねぇ」

うるさいふたりはほっといて、オレはコナスと一緒にこそこそ相談。

だってね、もしかしてって思ったんだ。

「ムイちゃんね、なんかどこかであったきがするんだ」

「ぴゃ？」

「コナスもおもいだして」

「ぴゃぅ」

どこだろ。ものすごく最近。あと、思い出したくない感じもする。

思い出したくないって変じゃない？

オレ、知らないところで何か嫌な目に遭ったのかしら。

「あ」

「ぴゃ？」

「あのね、ムイちゃん、すごくすごくいやなよかんがします」

「ぴゃぁ？」

「ムイちゃんがさいきん、もうあわなくていいなーっておもったひとが、ひとりいるんだよね」

「ぴゃ」

「それは誰だ？」

「誰だよそいつ」

「ふわぁぁ‼」

ふたりともオレとコナスの話し合いを聞いてた！

オレは驚いて飛び上がって、えっと三センチぐらいだけど、わたわたしてしまった。

振り返ると、目を細めたタック先輩とオレクがギロリと見てる。

ううう。これは白状しないとダメなやつだ。

オレはしょんぼりしながら、正直に話した。

「このにがおえのひと、ラウに、おかおだけにてるの」

「ラウ？」

「リア婆ちゃんのにばんめのむすこ」

「将軍じゃねぇか！」

「きんにくムキムキをじまんするために、じょうはんしんはだかになるひとです」

筋肉の人は何故見せたがるのか。不思議！

「なあなあ、将軍って偉いんじゃなかったの？　偉い人が裸になるのか？」

「オレクはいいこね。でもね、よのなかには、しらなくていいことがあるんだよ」

「よしよし、するな。それと手が全然届かないからって服を引っ張るんじゃねぇよ」

照れなくてもいいのに。

だけど気持ちは分かる。オレも姉ちゃんたちによく、いいこいいこされたからね。恥ずかしいんだよね。うんうん。

「チビっ子ども、遊んでるんじゃない。それより変態、じゃなくて変人、でもないか。とにかく不審人物がラウ将軍の関係者かもしれないなら、事は慎重に進めないとならない」

「なんで？」

「なんでって、ラウ将軍の関係者だぞ？」

「おじさん、俺も分からないんだけど」

「…………」

「冒険者のおっちゃん」

「チッ。あのな、ラウ将軍は誰の息子だ？」

「あ、白竜様か」

「そうだ」

リア婆ちゃんの息子だったら何か問題なのかな。

ハッ！　権力者がバックにいると罪に問えないってアレ？

でもでもリア婆ちゃんはそういう人じゃない。人じゃないっていうか神様みたいな魔王様みたいな感じなんだけど。

「ムイちゃんがまた考え込んでるな。絶対よからぬことだぞ」

「俺もそう思う。おい、おいって。ムイ！　……ムイちゃん！」

「なあに？」

「お前絶対聞こえてただろ！」

「…………」

「あー！　ムイちゃん！　とにかく黙ってないで、考えを言ってみろよ」

「はーい」

というわけで、オレはさっき考えてたことを華麗に披露。

そしたらふたりにドン引きされちゃった。

「おおおお前、白竜様相手に遠慮ねえなぁ！」

「信じらんねぇ。神様だぞ？」

「フランの奴、こいつをもうちょっと躾けるべきじゃねぇのか」

「フラン様も手を焼いてたみたいだぞ」

「えー、あいつが？　ていうか白竜様の息子が使い魔に手を焼くのか」

ナニソレ。

変な言い方しないでほしい。

「ムイちゃんはだれのてもやいてないよ！　むしろムイちゃんがフランししょーをたすけてるんだから！　おてつだいも、フランししょーよりムイちゃんのがずっとやってるもんね！」

ぶふーっ！


鼻息荒く答えていると、オレの周囲に影ができた。

雨雲かな？って思って見上げると、大きな鳥がすぐそこまで来てて――。

「わぁぁ！」

「ぴゃぅ」

コナスが慌ててオレのポケットにインした。そのまま、オレたちは大きな鳥に掴まれて、あっという間に飛び上がってしまった！

落とされたら怖いって思ったけど、がっちり掴まれてる。それなのに痛くない。

あれれって顔を上げたら、大きな鳥が喋った。

「落ち着いているじゃないか」

「ぴゃ！」

「ぴゃぅ！」

コナス叫ばないで！　オレまで声が出たじゃない。

「ははは。驚いたか。俺はカザトリ、リア様の使い魔のひとりだ」

「わぁ！　せんぱい！　ムイちゃん、せんぱいにあうのはじめて！」

「そうかそうか。だが、あまり動くなよ。落としてしまう」

「ぴっ」

「はは。今度は小さいのは鳴かないんだな。主より落ち着いているようだ」

「せんぱいはコナスのことしってるの？」

「知っているとも。リア様の使い魔のほとんどが、お前を見に行ったからな」

「そうなんだー。ぜんぜんしらなかった！　あっ、あのね、ムイちゃんはムイちゃんなの！」

「そうだったな。ムイちゃん、よろしくな」

「うん！」

ルシ以外で初めて出会った使い魔先輩は、すごくいい人（鳥）だった。

でもなんでオレを掴んで飛んでるんだろ。

その考えに辿《たど》り着いた時、オレは地面に降ろされていた。

「あ、リスト兄ちゃんのおやしきだ」

「そうだ。ここなら待ち合わせにちょうどいい」

待ち合わせって誰と？

オレが体を傾けていると、お屋敷からリスト兄ちゃんが出てきた。あとルソーお爺さん。メイドさんたちも一緒。それから引きずられている誰か。引きずっているのは、げっ、ラウだ。

「ムイちゃん、大丈夫だったかい？」

「リスト兄ちゃーん！」

走ってくるリスト兄ちゃんにオレも走っていってドンッと抱き着いた。そしたら抱き上げてくれて、無事かどうかチェックされる。

え、どうしたの。

オレが目を丸くしてリスト兄ちゃんを見ると、ホッとした顔してる。

「なにか、あったの？」

「ムイちゃんがギルドに戻ってこないとフランから連絡があったんだ」

「え？　でも、ムイちゃんたち、ひとさがしのいらいをうけてたんだよ？　フランしょーのしりあいのぼうけんちゃしゃん……んんっ。えっと、ししょーとわかれて、ムイちゃんたちでさがしてたもん」

「……なんだって？」

リスト兄ちゃんが思いっきり笑いを堪えようとしてて堪えきれずにブフッと噴き出した。

オレは目を細ーくして睨んだ。

リスト兄ちゃん、わざとらしい顔でゴホンと咳して誤魔化した！　んもう！

「さっきいっしょにいたの、フランししょーのなかまだもん。タックせんぱい。だから、タックせんぱいからみるとー、ムイちゃんがゆうかいされたかんじ！」

リスト兄ちゃん、バッと振り返ってラウを見た。それからカザトリ先輩を見て「あああー」と変な声。

何かいろいろと、いっぱいいっぱい？　そうだよね、情報過多だもん。オレもいきなりカザトリ先輩に掴まれて驚いたからね。分かる。

オレはポンとリスト兄ちゃんの肩を叩いた。どんまい。

リスト兄ちゃんによると、オレが待ち合わせ場所のギルドに戻っていないとフランから聞いて、速攻でリア婆ちゃんに連絡したそう。そこからカザトリ先輩が派遣されたみたいだね。

何人かを介したせいで同行者のタック先輩に関する説明がすっぽ抜けたらしい。

伝言ゲームあるある～。

フランはオレがいない件と同時に「迷子の子がどうも、弟の関係者かもしれない」と追加情報を投下。リスト兄ちゃんの頭がいっぱいいっぱいになるのも当然だ。

それより、オレやタック先輩と違う視点で気付くなんて、なかなかやるな。さすがはオレの師匠。

どうやって気付いたのかというと、プルンのうっかり発言かららしい。赤ちゃんだもんね。嘘は吐けなかったみたい。

これまでどんな暮らしをしていたのかや、育ててくれた人の生活スタイルをさりげなく聞いたそうだよ。で、どうにも知っている人に似ている。だからギルドに戻って知り合いの魔法使いに頼んで魔力の残滓《ざんし》を調べたらしいんだ。ほぼ確で、これは弟だろうと気付いたってわけ。

何それ、本物の探偵っぽい！

オレやタック先輩があちこち捜し回っていたのに、フランたちはほとんど歩き回っていなかったのもなんか負けた気がする～。

ともかく、フランの情報を元にリスト兄ちゃんはラウを呼び出し、その弟を確保させた。

そのラウが、オレの知らない弟君を引きずってる。

白衣みたいなコートを着てて、ゴーグルも首に引っ掛けてあった。不審者情報にそっくり。

オレはラウに引きずられたままの弟君を見た。

「このひとが、しょあくのこんげん？」

「おー、当たってるぞ。さすがだな、ムイちゃん」

「ラウににてるの。したのきょうだい？」

「待て。何故、他のは『リスト兄ちゃん』『フラン師匠』って呼んでるくせに、俺だけ呼び捨てなんだ」

「ラウはラウでいいとおもう」

「はぁ!?」

ラウはぶつぶつ文句を言いながら、引きずっていた弟君を立たせる。

真正面から見ると、やっぱり似てるね。ちょっとラウより線が細い感じ。それに猫背。

「このひと、あかちゃんをじーっとみてた、へんたいさん！」

オレが鍛冶屋さんの周辺で集めた情報を伝えると、ラウが弟君を睨んだ。リスト兄ちゃんもだよ。

「おうおう、そうだ。ほれみろ、お前のやっていることは他人が見ると『変』なんだよ」

「わたしは変態じゃない。研究者だ」

そう言うと、自称研究者さんはオレをギロッと睨んだ。

「こんな、こんな貧相な子供がかか様の使い魔だなんて！　わたしは納得できない！」

またマザコンだぁ。手を替え品を替え、ここの兄弟たちはマザコンがすぎる。

ラウはちょっと違う気もするけど、拗《こじ》らせてる可能性もあるので評価は保留。

もちろんマザコンは悪くないよ。オレもリア婆ちゃん大好きだもん！　えへへ。

ただ変態さんにまでなるのはちょっとね？

「納得できないって言われて、へらへら笑うような子供だぞ。兄さん、なんとか言ってくれ」

「俺は別に。可愛いじゃないか。ころっとしてて。そうだ、獣姿になってみろよ」

「い・や」

「お前ねぇ」

ラウには「ムイちゃん」を連呼しません。なんか危険な気配がするのだ。この人やっぱり拗らせタイプかもしれない。

オレは危険を回避する男。ふふん。

「止めないか、ふたりとも。とりあえず、カザトリよ。君はもう一度飛んでくれ。フランの仲間という冒険者に事情を話して連れてくるように」

「あの大男は運べないぞ」

「案内で構わない」

「では、行ってこよう。ただし、これはムイちゃんのためだ。リア様の息子とはいえ、あなたの命令で飛ぶのではない」

「分かっているとも」

　な、なんか、いろいろあるっぽい？

　オレはドキドキしながらふたりのやり取りを黙って聞いた。

「兄上様！　たかが使い魔ごときに、あのような！」

「ノイエ、母上の使い魔に対して張り合うような真似は止めなさい」

「兄上様……？」

「ムイちゃんが聞いているじゃないか。ムイちゃんが傷付いたらどうする」

「え、え？」

「そうだぞー。可愛いムイが泣いたら可哀想だ。可哀想だなぁ、うん」

　待って。ラウ、なんか変な感じで喋らないで。

　子供を泣かせるとかダメだからね？　ホントもう、リア婆ちゃんの息子たちってなんなの！

「兄さんまで！　そんなだから、使い魔たちがのさばるんだ」

「のさばってはいないだろ。全員、おふくろのために働いているだけだ」

「でもクシアーナはノーラに骨抜きにされて、いいように使われているじゃないか」

「クシアーナは、あれはただの変態芸術家だ。ノーラも嫌がってるから無理難題を突き付けてるんだろ。なあ、リスト」

「兄上と呼べ、ラウ」

「兄貴」

兄弟の言い合いが始まっちゃった。とりあえず弟ふたりの名前が出てきてオレはスッキリ。

不毛な会話だし、蚊帳の外っぽいので三歳児のオレは飽きてきちゃった。

つまんないから、リスト兄ちゃんに降ろしてもらった。屈んで地面を観察。あっ、蟻だ。コナスもポケットから飛び出して一緒に観察を始めた。

ふと影ができたので「また鳥?」って顔を上げると、メイドさんが日傘を差してくれてる。できるメイド!

「ありがと!」

「いいえ。お暑うございますから。よろしければ、あちらにジュースをご用意いたしますが、どうなさいますか」

「のむの!」

見たら、お屋敷の端の方のお庭にガゼボがあった。メイドさん数人が立っているから、皆が揃うのを待っているのかな。

喉も渇いちゃったし、行こう。コナスも空気を読んでポケットに自らイン。

オレが立ち上がると、ルソーお爺さんがスッと身を寄せてきた。なんだか期待に膨らむ視線でオレを見ている。手がちょっぴりワキワキしてるね。

これは、もしや。

オレはルシにやるみたいに、両手を挙げた。ルソーお爺さんが満面の笑みでオレを抱っこする。

どうやら間違ってなかったみたい。ふふー。

＊　＊　＊

抱っこで運ばれたオレに気付いたのはリスト兄ちゃん。慌てて後を追ってきた。

ラウは悠然と歩いてくる。

ふたりの後をフラフラとついてくるのが弟君こと、変態ノイエ君だ。まだぶつぶつ言ってて、いろいろ根深いなーって思った。

オレはガゼボでジュースを飲みながら、聞こえてくる変態ノイエ君の話を脳内でまとめた。

総合してみて分かったことがある。

オレは当初、変態ノイエ君は「大人になってもマザコンを拗らせ、使い魔に嫉妬している」と思ってた。どうやらそれは違ったみたい。

ノイエ君、かっこいい使い魔が好きっぽいんだよね。

なのでかっこよくないタイプの使い魔を追い出したい。

ふむふむ。

えっ、オレ？

確かにオレはかっこいいタイプじゃないよ。うん。それは認める。でもまだ三歳なんだから、仕方なくない？

それに伸びしろはあると思うんだ。

「ムイちゃん、独り言のつもりかもしれないが、全部漏れているよ」

リスト兄ちゃんが言う。

「えっ？」

そうだった？　オレが首を傾げていると、恨めしそうな声が聞こえてきた。

「しかも、わたしの話には一切答えないくせに兄上様にはすぐ答えるのか」

ノイエ君、目の下に隈があってマッドサイエンティストみあるよ。

オレは怖くないけどね！

「ごあいさつちゃんとできないひととは、おはなししなくてもいいんだよ？」

「ぐっ」

「ははは、そりゃそうだ。お前が悪い」

「兄さんまで！」

「でも、大人げないのはお前の方だ。なあ、兄貴」

「そうだぞ、ノイエ」

「うぐぐ」

歯を食いしばるほどのことかな？　ホント、大人げないなー。

仕方ない。ここは立場が一番下のオレが男気を見せるところだよね！

「じゃあ、ムイちゃんからごあいさつするね？　ムイちゃんはムイちゃんです。こんにちは！

リア婆ちゃんのつかいまだよ！　えっと、まだみならいちゅう。あとね、ぼうけんしゃのみならいでもあるの」

「は？」

「にそくのわらじだけど、ちゃんとりっぱにやりとげます！　リア婆ちゃんのきょかもとってるからね！」

「あ、え？」

「それからぁ、なんとムイちゃんにはなかまがいるのです！　じゃん！」

「ぴゃっ！」

「ひぇっ」

「コナスだよ。ナスのようせいなの。あとね、ほんとうはハスちゃんっていぬもいるんだ」

今どこかな？

あんまり心配してない。だって立派な首輪をしているし、その首輪には魔法も付けられているんだ。最悪、戻ってこなくてもルシが魔法で呼び寄せられる。

それにハスちゃんは元野良だから野生の強さが備わっている。能天気な性格だしね。全く何事もなかったかのように戻ってくると思う。

――ほら、あんな顔して。

「あっ、ハスちゃん！」

なんなの、このタイミング！

ハスちゃんって本当にミラクルじゃない？　主にオレに向けてだけど。

「ハスちゃーーん！」

「わぉん‼」

フランも一緒にいた。どこかで合流したみたい。お屋敷の前かな？　警邏の人が連れてきてくれる約束だったもんね。

で、フランは片手にプルンを抱っこして、もう片方の手でハスちゃんのリードを握ってた。

あのフランががっちり持っているのに引きずられそうな勢い。

ていうか、ハスちゃん、首が痛くないの？　なんか顔がすごいことになってるヨ？

オレがハラハラしてると、とうとうフランはリードを持つ手を離してしまった。ここに来て諦めちゃったんだね。うん、分かる。勢いすごかったもん。

　でもね、そのせいで、ハスちゃんは想像通りに向かってきたよ。


ドンガラガッシャーンって音が聞こえたような聞こえなかったような。

とりあえずオレは被害を最小限に食い止めようと頑張ったことだけは言っておきたい。

ちなみにオレ専用の芋虫柄グラスは割れてませんでした。なんたって、リア婆ちゃんの不壊の魔法がかかってるので！

そしてベロベロ攻撃のハスちゃんを止めてくれたのはルソーお爺さんでした。

できる男、ルソー。彼はとっても怖い顔でハスちゃんを押さえ込んだ。それから、

「再教育が必要ですね」

と言って、ハスちゃんを連れていった。

再会からの別れ。ごめんね、ハスちゃん。オレ、守ってあげられなくて。


ハスちゃんを見送っていると、フランがプルンを抱っこしたままガゼボのソファに座った。

プルンはチラチラと変態ノイエ君を見てる。なのにノイエ君ときたら、そっぽを向いて知らんぷり。

ここまで来て知らないフリが通用すると思ってるのかなあ。

それに、ちゃんと自己紹介しようよ。

ということで、オレはもう一度ご挨拶開始。

「ムイちゃんはムイちゃんです！　リア婆ちゃんのつかいまで、ぼうけんしゃみならいだよ！」

うむ。今度は簡潔に。完璧じゃない？

「偉いね、ムイちゃん。さ、次はノイエだ」

「わたしのことは兄上様も兄さんたちも知っている」

「その赤子については紹介しないのか？」

「……プルン、挨拶しなさい」

「プ、プルンでちゅ。あるじちゃまのつかいまでちゅ」

使い魔仲間！　今日はカザトリ先輩にも会うし、すごい！

「こんな小さな子を使い魔に？」

「かか様だって、そこのを使い魔にしているだろう！　だから研究しようと思って」

「研究のために使い魔にしたのか⁉」

「おい、ノイエ。親はどうしたんだ。まさか攫ってきたんじゃないだろうな」

「兄貴たち、落ち着けって。ノイエは追い込んだら黙り込むだろ」

「フラン。そうやって、末っ子だからと甘やかしたせいでノイエは今こうなってるんだ」

「兄貴は甘やかしてないだろ。厳しすぎたじゃないか」

「その分、俺らが甘やかしたんだから、ちょうどいいんじゃないか」

「まあ、そうだけどさ」

ここまでの情報で分かったのは、ノイエ君が末っ子ってことと、リア婆ちゃんが全然出てこないってことね。

リア婆ちゃん、本当に子育てには参加してなかったんだ。

脳筋っぽいもんね。赤ちゃんを抱っこしたら潰す、とか思ってた可能性もある。

今思うと、オレの時も加減が分からないからという理由でルシに渡した気がするもん。

「プルンに親はいないはずだ。捨てられていたようだから、わたしが引き取った」

「そうか。ならば、何故大事に育ててあげないんだ。使い魔ということは、元は魔物だったんだろう?」

元々獣人族だった場合でも使い魔になれる仕組みはあるみたいだけど、イメージがあんまりよくない。それなら使用人として雇っていいわけだし、ステップアップもできる。頑張ればルソーお爺さんみたいな秘書にもなれるんだ。

使い魔はどちらかというと「諜報部隊《ちょうほう》」のイメージ。主個人に仕える使用人だね。

といっても、オレはルシから「お使いのできる魔法使いを使い魔と言うんだよ」と教わった。

それに使い魔に自由がないわけじゃない。

むしろリア婆ちゃんちの使い魔の話を聞いていると、すっごく自由。

自由だけど、拾って育ててもらった恩を感じているから、みんなリア婆ちゃんが呼べばすっ飛んでくるんだって。それ以外の時は勝手にリア婆ちゃんのためになることをしているんだとか。

ただし、危険思想に走らないよう、たまに抜き打ちチェックをするの。ルシが笑いながら教えてくれた。

でも、危険思想って何？　リア婆ちゃん教かな？　いろいろ怖い。

オレが震えている間にも会話は続く。

ただ、ノイエ君が小声でボソボソだから、ところどころ聞き取りづらい。

「そろそろ変化しそうだったんだ。そうじゃなくても、魔物の赤ん坊がひとりでいるのは危ないだろ。だから研究がてらに引き取ったんだ」

「ようは可哀想だから引き取ったってわけだな？」

「あ〜。お前は昔から、研究と言えば皆が納得するもんだからって、またそんなことを。なんでもかんでも言い訳に『研究』を使うんじゃない。この研究バカめ」

「それで、この子を使って何をしようとしていた？　使い魔の仕事をするには早すぎるだろう」

だよね。オレより小さいだんもん。

「それは、プルンが手伝いたがったから……」

「だからといって赤ん坊じゃないか」

「待ってくれ、兄貴。ムイちゃんも幼児なのに母さんの使い魔をやってるんだろ？　ムイちゃんがそう言ってたぞ」

「あれは『ごっこ』遊びだ」

ん？　聞こえなかったけど、今、なんて言った？

「わたしだって見張りとしてついていたんだ。だが、プルンが急に消えてしまって」

ボソボソが続くねぇ。つまんないの。


そこに人がやってきた。今度はタック先輩だ。

真上にカザトリ先輩がいる。ここまで案内してくれたみたい。ご挨拶したかったのに、もう仕事は終わりという合図なのか、クルクル回ってサーッと行ってしまった。

また会えるかなあ。ぶらんぶらんされるの、楽しかった。

「フラン、ビックリしたぞ。いきなりでっかい鳥が来たんだ」

タック先輩が会話をぶった切る。すごいぞ。

「悪いな。あれは母さんの使い魔だ」

フランが謝ると、リスト兄ちゃんもノイエ君との会話を止めた。

「君、ムイちゃんと一緒にいたらしいね。勝手に連れ去ってしまった形になったから呼びに行ってもらったんだ。驚かせて悪かった」

「あ、いえ、宰相様」

「畏《かしこ》まらなくていいぜ。フランの仲間だろ？　ムイちゃんとも一緒に仕事をしていたそうじゃないか」

「はっ、ラウ将軍！」

「止めてくれ。今はプライベードだ」

「はい！」

何この流れ。

筋肉は筋肉を敬愛するんだろうか。タック先輩が憧れの人を見る眼差しになってる。

だけど、あれはラウだよ？　胸元を大きく開けてる変な人だけど大丈夫？

「さて、これで当事者が全員揃ったな」

フランは流れを気にせず話を進めた。タック先輩がちょっと恨めしそう。そんなにラウが好きなのかな。でも、憧れの人とお話したいなら問題を解決してからにしてね。

まあ、もうほとんど解決しちゃってるけど。

なんてたって赤ちゃんの保護者はここにいるもんね。

つまり依頼は終了。

オレの初依頼も達成されたというわけ。達成でいいよね？　うむ。

「なんかひとり、ふんふん鼻息荒く自慢顔のがいるな」

「フラン、お前、それは」

「止めないか、フラン。ふふ」

「なんとなく分かってきたな。けど、それ聞こえたら拗ねるんじゃないのか？」

タック先輩がごしょごしょ言ってる。拗ねるって何？

オレが身を乗り出したら、

「よし、とりあえず、自己紹介だ」

フランが慌てて勝手に仕切りだした。

むむむ。

でも、話し合い、大事。

というわけで、また一から自己紹介始まった。オレはちょっぴりうんざり気味に「ムイちゃんです」を連呼した。

まず、ノイエ君はリア婆ちゃんの五番目の息子。マザコンです。

スーパー赤ちゃんのプルンはノイエ君の使い魔。一応「研究のため」という名目で引き取ったそう。実際はひとりぼっちだったのを可哀想に思ったからだって。なら、問題ナシ。

ちなみに四番目の息子はクシアーナというお名前で、綺麗なものが大好きな芸術家。ノーラというリア婆ちゃんの使い魔にご執心らしいよ。ノイエ君はそれも気に入らない。

ノイエ君は「使い魔とはかっこいいもの」と思い込んでて、自分ルールに外れてるのが嫌みたい。

自己紹介の流れでノイエ君が宣言したから、オレはつい、

「わがままー」

と、口を挟んじゃった。えへ。

一応誤魔化せるかなって思って、ジュースをごくごく飲んで知らんぷり。

したんだけど、無理だった。

フランは苦笑いだし、リスト兄ちゃんはうんうん頷いてる。ラウはニヤニヤ笑ってオレを見た。最後のニヤニヤは止めて。

「けほんこほん！」

「咳払いのつもりか？」

「だまってて、タックせんぱい！」

んもう、邪魔しちゃダメ。あとツッコミ役がフランと被ってるんだから空気を読んで！

オレはもう一度ジュースを飲んで、喉を潤した。

それで「わがままー」って言われて、震えてるノイエ君にビシッとお説教です。

「じぶんのこのみをあいてにおしつけるのはダメだとおもうの。ノイエくんは、かっこいーの

がすき。でも、ほかのひともそうしなきゃっておしつけるのは、いくない！」

「あ、ああ。あ？」

「あとね！　すききらいはしゅかんなの。ノイエくんはムイちゃんをかっこいーとおもわないかもだけど、ムイちゃんはかっこいーんだからね？」

「は？」

「ムイちゃん、かっこいーの！」

「ぴゃっ！」

コナスがテーブルの上でパチパチしてくれた。短いので両手でパチパチしづらいから、ボディをパチパチしてくれてる。ううう、体を張っての応援ありがとう！

「そうだな、ムイちゃんはかっこいい」

「リスト兄ちゃん！」

「ゴホン。ムイちゃん、わたしはどうかな？」

一瞬、リスト兄ちゃんが何を聞いてるのか分からなくてコテンと体が傾きかけたけど、ハッと気付いた。オレは空気が読める男。任せて。

「リスト兄ちゃん、かっこいー！」

「そ、そうか。ふふ、そうか」

うむ。間違ってなかった。オレは腕を組んで（組めてないけど）何度も頷いた。すると、横でそわそわする男が……。

うん、そうね。そうだよね。

オレってば空気が読めちゃうので、ちょっと溜息が漏れつつ応じてあげた。

「フランししょーもかっこいーよ！」

「そうか！」

「あと、タックせんぱいも」

「なんだよ、その『ついで』みたいな言い方は！」

「んーと、たぶん？　かっこいー」

「『たぶん』は付けるな！」

オレたちがワイワイ言い合ってると、向かいにいた脳筋ラウがチラチラと視線を向けてくる。

この兄弟ちょっとおかしくない？

なんで三歳のオレが空気を読まなきゃいけないんだろ。

あと、五番目の様子を見てあげて！　今のところ一番おかしいから！

「主観、だと？　これが赤子の言うことか？　あっ、だから、かか様はこんな、へちゃむくれを使い魔にしたのか！」

あの。

へちゃむくれはないんじゃないかな。オレ、とってもベリーキュートなレッサーパンダの獣人族です。かわゆいお耳とふっさふさの尻尾付きだよ。お顔だって、ちょっぴり平面的だけど可愛いもの。

オレは前世の記憶を持つ男だからね。客観的にちゃーんと把握できてるよ？

今の世界のお顔もじっくり観察したからね。それらを総合して導き出した答えは！

「ムイちゃん、へちゃむくれじゃないもん！　かわいいもん！」

ほら！　ほらほら‼


テーブルの上に身を乗り出して、お顔をぐいぐい近付けて見せる。ノイエ君はちょっぴり体を引いたけど、ハッとしてから近寄った。まるで観察するみたいにジロジロ見てくる。

ふふん。どこから見てくれてもいいんだからね。

「可愛い、か？　可愛いのはプルンの方だろう。赤子なのに整った顔付きだ。だからこそ引き取った。将来はきっとかっこよくなるはずだと計算してな」

ほわい？

この男、オレに喧嘩を売った！

しかも二重に喧嘩を売ったのである！

オレは怒ってテーブルの上に飛び乗った。合わせてコナスが抜刀。うむ、いざ出陣！

「ちっちゃいこは、もれなくかわいいの！　そうじゃなくてもきずつけちゃダメ！　ほごしゃはおやといっしょなんだよ。おやがひとをきずつけることいったら、そのこもおなじになっちゃうんだから！」

「ムイちゃん、コイツが悪かった。だから落ち着いてくれ」

「フランはだまってて！」

「呼び捨てかよ」

「せんぱいもだまってて！」

「おう」

「あと、こどものまえで、くだらないことというのダメ！」

「ぴゃーっ！」

仁王立ちのオレとコナス。

怒れる姿に皆が黙っちゃった。

でもね、オレは許せなかったんだよ。だって、たとえ本当にそう思ってなかったとしても、売り言葉に買い言葉だったとしても言っちゃいけない。

プルンは赤ちゃんだ。だけど、この子は頭がいいはず。そんな子が今の話を聞いて、理解できていたら嫌な気持ちになると思うんだ。

チラッとプルンを見たら必死で前を向いてた。泣かないぞって顔。傷付いてないって虚勢を張ってるんだ。

　そんなお顔、赤ちゃんにさせていい？

「プルンはかわいくてかっこいくて、とってもかしこいんだからね！　でもそんなのなくても、だいじだからね！」

「でちゅか……？」

「そうなの！　だからね、そんなかいしょーなしのへんたいノイエくんがいやなら、ムイちゃんがひきとってあげるからね！」

「幼児が幼児を引き取るのか？」

「いやいや、ムイちゃん、落ち着け」

　タック先輩とフランが何かもごもご言ってた。オレは鼻息荒く宣言してて聞いてなかった。

　頭の中で今後についてを考えるのに必死。

　引き取ることに関しては大丈夫。リア婆ちゃんはきっとオレのお願いを叶えてくれる。

　もしダメでも「五番目が悪いやつでして～」と説明すればいけるはず。勝手に連れて帰ってハスちゃんのハウスで匿《かくま》うより、ずっと確実だよ。

　ふんふん‼


　オレが仁王立ちで宣言して数秒、黙って聞いていたリスト兄ちゃんが立ち上がった。オレを抱っこしてテーブルから降ろすと、みんなをゆっくり見回した。すごい偉い人みたい。あ、宰相だったね。

「ムイちゃんの言う通りだ。ノイエには任せておけない。母上にお願いしてもいいが、わたしが引き取ってもいいと思っている」

「兄上？」

「兄貴、いいのか」

「兄貴が引き取るのか？　どういう風の吹き回しだ」

「宰相んちかー」

みんながワイワイ言い出したところで、オレはノイエ君の横で小さくなってるプルンを見た。なんだか不安そう。それに何度もノイエ君をチラチラ見上げてる。

あれ？　もしかしてだけど、もしかするのかな。

「プルンちゃんは、こんなへんたいのじぶんかってなノイエくんでも、すきだったの？」

「ムイちゃん、すげーこと言うな。っていうか、さっきの根に持ってるんだろ？」

タック先輩の言葉はスルーして、オレはプルンを見た。

プルンはみんなの視線が集まって緊張したみたい。だけど、頑張って言ったんだ。

「プルンはあるじちゃまのとこがいいでちゅ！」

「せんのうされちゃってるんじゃなくて？」

「三歳の幼児が言うことか？　なあ、フラン、本当に白竜様のところで何を教えてるんだよ。そっちの方が俺は心配なんだけど」

「コイツはこういう奴なんだって。それを母さんが面白がるから、ルシも止められなくて」

「ムイちゃんは天才児なんだよ。気にしないでくれたまえ」

「そうそう。ところでお前、いい筋肉してるな？　うちに欲しいぐらいだ」

「そ、そうっすか？　いやぁ、将軍様に褒められるなんて」

「いい仕上がりだ。俺ほどじゃないが、なかなかのもんだよ」

なんか最後の方、怪しい勧誘なのか筋肉自慢の始まりか分からない感じになってて、わけ分かんない。

脳筋ふたりは無視しよう。

「あのね、プルンちゃん。おやはえらべないけどね、ほんとうはえらべるんだよ？」

「でちゅか？」

「そうなの。きらいなひとのところにいなくてもいいからね？」

「プルン、かなちいときもありゅまちゅ。でも、あるじちゃま、ちゅきでちゅ」

「いいこね、プルンちゃん」

ピルピル震えるプルンが可哀想になってきた。これは保護者を改心させる方が先決！

リスト兄ちゃんも同じこと考えたみたい。

ギロッとノイエ君を睨んでお説教を始めた。フランも後押ししてるので、いい兄たちです。

ダメな方の兄はまだ筋肉自慢をしてるね。まあ、基本的に悪い人じゃない。たぶん。


オレは心に傷を負っているかもしれないプルンとふたりでお話することにした。

コナスも連れてメイドさんと一緒にお庭を散歩。

「さっき、ノイエくんのこと、わるくいってごめんね？」

「いいんでちゅ。あいがとでちゅ」

「うん。いいこいいこ」

「ムイちゃー？」

っていうのは、そう呼んでいいかって意味みたい。オレはすぐに頷いた。

「うん！　プルンちゃんはプルンちゃんでいーい？」

「えとでちゅね……」

プルンがもじもじして何か言いたそう。なんだろ。

もしかして「ちゃん」呼びは嫌な感じ？　男の子だとそうかもしれないけど、そう言えばプルンはどっちなんだろ。

あと、種族が何か聞いちゃおうかな。

「どんなよびかたがいいか、いってね！」

「はいでちゅ」

「ちょっと、かんがえる？」

「でちゅ」

「んー、じゃあ、ムイちゃんはレッサーパンダのじゅーじんぞくなんだけど。プルンちゃんは、なにかきいてもいーい？」

「はいでちゅ。プルンはパンダでちゅ！　えとでちゅね、おっきーパンダでちゅ」

パンダ。

ＰＡＮＤＡ。

ジャイアントパンダ。

イエス、それ大熊猫獣人。

「ムイちゃー、どうちたでちゅか」

パンダって人気があって可愛いーってキャーキャー騒がれる、あのパンダ⁉

超大きくなっちゃう、愛らしいけど「熊」。

憧れのパンダ、動物園での人気ナンバーワン。その獣人族に会えたのは嬉しい、嬉しいんだけど！

大変‼

だって将来、確実に負けちゃうんだもん。

獣人族になっても、元の獣性が関係しちゃうから身長も体格も違いが出るんだよ。

オレ、こんな可愛い子に将来見下ろされるかもしれない！

てことは、先輩風が吹かせられないー‼

ううう、先輩になりたい人生だった。

ちょっとだけでも味わいたかった。

で、でもいいんだ。だって、まだ友達枠は残ってるはずだもの。

そうだよね！

オレが期待を込めてプルンの「呼び方」が決まるのを待っていると。

「かんがえたでちゅ！　プルンは、プルンちゃま、ってよばれたいでちゅ！」

あー、ね。

うん。

オッケー。

この子はどうやらすでに変態ノイエ君の洗脳を受けてしまっているようです。

＊　＊　＊

その後、オレが慎重にプルンから聞き取り調査をしたところ、あることが判明した。

ちなみにプルンは男の子だった。

ジャイアントパンダの獣人族になるプルンは、将来とっても大柄になるらしい。そう言われているからか、プルンの中ではもう「強い男」になる未来図が出来上がっているっぽいんだ。

しかも、かっこいい男になる予定なんだって。

ノイエ君とは相思相愛。ナンテコッタ！

でもね「小熊猫の監視をする」というノイエ君についてきて、最初は自分も一緒にやると張り切っていたプルンは、途中で止めたくなったらしい。

ノイエ君が「かっこいい使い魔以外は追い出そう」と言い出したからだ。そういうのよくないんじゃないかって赤ちゃんなりに考えたんだね。

そして、フランとオレが迷子捜しする姿を見て「やりたくないでちゅ」と言う決心が付いた。

なんて偉いんだろう。

ただ、その理由がちょっとね。

「ムイちゃー、ちっちゃいでちゅ。おいだちちゃったらかわいちょーでちゅ。よわよわでちゅから、ぺしょんてなっちゃうでちゅね」

「うん、そうね」

二歳児に弱いから可哀想とか言われる三歳児のオレ。

この世界、可愛いだけじゃダメらしい。

オレ、もうちょっと本気で鍛えようかな?

ううう。

「まっちぇちぇね。がんばっておっきくなるでちゅ。のちぇてあげまちゅね?」

「うん……」

「くまにゃんかにまけないでちゅよ!」

「そ、そう」

「れっちゃーぱんだちゃんは、なかまでちゅち!」

でも熊は仲間じゃないのね。分かった、分かったよ。

オレの方がプルンを守ってあげようと思ったわけだけど、どうやらプルンはオレを守る予定らしい。

……ジャイアントパンダめー‼

ひそかな下剋上《げこくじょう》を味わいながら、オレたちは親交を深めたのだった。


さて。幼児組が仲良くなっている間に、問題の兄弟たち+関係ないけど見届け人みたいになっているタック先輩がどうなっていたか。気になるよね。

「おはなしはついたでちゅか?」

コソコソ話しかけると、つまんなかったのか速攻でこっちを向くタック先輩。

「語尾がプルンみたいになってるぞ」

「ムイちゃんはながされるいきものなのです」

「またおかしなことを。ようするに口癖が移ったんだな？　ま、俺も先輩冒険者の真似をした経験があるしな～」

「プルンはせんぱいじゃないの！」

「そうは言うが、あいつ大熊猫の獣人族らしいぞ。すぐに追い越されるな」

「それとこれとはべつなの。ムイちゃんがとしうえだもん。ムイちゃん、おにいちゃんだからね！」

「冒険者に年齢は関係ないぞ。強さがすべてだ」

「ぐにゅ！」

オレはぺしょんとなった。

そんなオレの頭をプルンがなでなでしてくる。

一緒にコナスまでなでなで――は、できてない、でも慰めてくれる。ちっちゃい手、届いてないけど可愛いよ。コナスはいい子ね。

オレとタック先輩がコソコソしていたのは、兄弟の話が続いていたから。真剣な様子で、部外者のタック先輩は居心地が悪かったみたい。

結局こっそりと抜け出してきた。

「白竜様の息子ってな、あんなだったんだなぁ」

「あんなだねー」

「宰相様が一番しっかりして見えるのに、たまーに変なこと呟いてるしさ」

「なんて？」

「『尊い母上の使い魔なのだから全員尊い』ってさ」

「あー」

「『特に一番尊いのがムイちゃんだ』つって、真顔で話すんだぜ？　意味分かんないよな」

「ムイちゃん、それはこたえじゅらいの」

「おっ、そうか」

他にもラウが「おふくろの筋肉は最高だ」と言い出したり、フランが「母さんとこの使い魔は強い奴ばっかりだぞ」とノイエ君に言い聞かせたり。

肝心のノイエ君は、引き取ったプルンについてきちんと育てると約束させられたものの、かっこいいについての基準は変えない模様。それはいいんだ。それは。

だけどね、ノイエ君てば今度は「小熊猫のアレをかっこよく改造してはどうだろう」とか言い出したみたい。

その方が「かか様が喜ぶだろう」とか言っちゃってて、もうね、もうね！

「ムイちゃん、まだみてないけど、よんばんめもマザコンってだんげんできる」

「俺も同じ意見だ。おっと、賭けにならないな！」

「ムイちゃん、マザコンにしゅるいがあるって、はじめてしったの」

「俺も俺も。だけどさ、真面目な顔してあんなに話し合ってるのを見ると、田舎のおふくろに親孝行しとかないとなーって思ったわ」

「そうだよ。おやこーこーしたいときにはおやはなし、なんだからね」

「お、おう。あ、そうか、すまん。お前、ムイちゃんは親がいなかったんだな」

「いいの。いまはリア婆ちゃんがおかあちゃまだから」

「おー、そうか。そういや、そこの、プルンだったか。お前も親がいないんだな」

「でちゅ」

「今の親はちょっくら変わってるが、頑張れよ」

「がんばるでちゅ！」

「よし、いい子だな。ちゃんとプルンの処遇について皆が話してくれてるよ。宰相もいるし、ラウ将軍もなんだかんだで手助けしてくれるだろ」

「してくれるかなぁ」

「たぶん？」

「まだフランししょーのがマシだとおもうの」

「そ、そうかな。そうか。そうかもな。うん」

タック先輩はガゼボを見て、空を見て、オレたちを見てから何度も頷いた。ラウが脳筋なのに気付いたんだね。同じ派閥なのに偉い！


とにかくプルンにはオレもついてるからね！って胸を叩いたら、感動したプルンにギュッとされた。

うむ。こういう時は兄貴って呼んでくれていいんだよ。

前世では姉ちゃんばっかりだった末っ子です。下にきょうだいがいるなんて最高！

オレは兄の威厳たっぷりに仁王立ち。

「ノイエくんになにかされたら、ムイちゃんがまもってあげるね！」

「プルンはムイちゃーのくまでちゅ！」

「え、そこはいぬじゃないの？　くまはきらいなんじゃなかった？」

「ちがいまちゅ。プルンよりちたなのがくまでちゅ。ちょのじゅーっとちたが、いぬでちゅね」

「そ、そうなんだ」

「へぇぇ」

タック先輩、そこは感心するところではない。

あと、オレは嫌な予感がします。

なんたって、うちには持ってる男がいますので。そう、こういう時、必ず外さない男が。

彼です。尻尾を振った元気な悪魔。

「わぉん！」

ほらね！

君なら来ると思ってた！　後ろから使用人さんが慌てて追いかけてきてるぅ！

あああ、ガゼボの周囲で見張りみたいに立ってたルソーお爺さんの額に青筋が！

そのままルソーお爺さんが止めに入る、それに対してなんとフェイントを掛けてすり抜けたハスちゃん、ガゼボを急旋回による回避で――。

「わぉん‼」

ドーン‼

来るよね、来たよね、知ってたー‼

オレはころころころーんって転がって、お花の所に突っ込んだ。タック先輩はプルンを助けようと手を伸ばし、かろうじて間に合ったみたい。

スローモーションみたいに見えた景色で安堵したオレ、そのままフェードアウトしたのだった。

第六話　リア婆ちゃんの話とムイちゃんの癒やし

目が覚めると知らない天井。

豪華なお部屋の様子を見るに、リスト兄ちゃんのお屋敷っぽい。

オレがボーッとしていると目の端にリア婆ちゃんが見えた。

「リア婆ちゃーん！」

「おや、起きたね。ああ、急に起きるんじゃないよ」

「ムイちゃん、ころんしちゃった」

「そうらしいね。たんこぶができていたようだよ」

「ふぇ」

「ルソーがすぐに治したそうだ。安心おし。頭に問題はないよ」

オレが痛みを想像して泣きそうになったからか、リア婆ちゃんが急いで「大丈夫」だと慰めてくれる。

それで、笑いながら「その後」を話し出した。

「ルソーが怒ってね。犬の躾教室に連れていくと、出ていってしまったそうだよ」

「ハスちゃんを？」

「王都で一番厳しい躾教室らしいね。なんていったっけね、お姫さんが飼ってた犬。あれが通った教室だとさ。リストが王城に行って紹介状をもぎ取ってきたそうだよ。ははは」

そ、それは笑っていいの？

でもルシでも手こずったハスちゃんのドーン癖、直るのかなあ。

寂しがってないといいんだけど。

「ま、あれも主好きが高じての興奮だったんだろうよ。あんまり怒ってやるんじゃないよ」

「ムイちゃんおこってないよ」

「そうかい。それならいいんだ。ああいうのはね、心配でついついやりすぎちまうんだろう。悪気がないのが始末に負えないがね」

リア婆ちゃん、遠い目してる。心当たりがありすぎる感じ。噂の先輩使い魔さんたちのことかな。

オレが見ているとリア婆ちゃんが笑った。

「でもま、いい子分だよ。あんたが好きなんだからね」

「うん！」

「あたしの周りにも、あんなのが多いよ」

「リア様、それはひどうございます」

「えっ」

びっくりして声の方を見たら、カザトリ先輩がいた。あと、もうひとり知らない女の人。

ふわー、すっごく綺麗‼

角はなくて、長い黒髪の超美人さんだ。


オレが興味津々で観察している間に、ふたりが足音も立てずに近付いてきた。

「リア様、ノーラを連れて参りました」

「リア様、お久しぶりでございます」

「ああ、よく来たね。ノーラ、あんたはあたしに心配を掛けまいと黙って耐えていたそうじゃないか。リストたちから聞いたよ」

「いえ、耐えてはおりません」

「そうですよ、リア様。ノーラは全く平然としておりました。やり返していましたからね」

「うるさいぞ、カザトリ」

「ノーラ、リア様の御前ぞ」

「ハッ。申し訳ございません」

えっと。オレはここにいてもいいのかしら。いいんだよね。リア婆ちゃん、オレを抱っこして離さないし。オレもモリモリのお胸に包まれて幸せだし。えへー。

「ぐっ、何やら口惜しいのですが」

「ノーラ、相手は赤子同然。広い心でな」

「分かってはいるのだ。しかし、リア様の胸に抱かれるなど、なんという素晴らしい待遇か」

「気持ちは分かるがね」

なんか、ふたりともオレの位置が羨ましいらしい。

そうだよね。大人になったからって、親に甘えたい気持ちがスッと消えるわけじゃないもん。

むしろ大人になったからって自分に枷《かせ》を嵌めるのかも。

よし、ここは幼児の特権で我が儘《まま》言っちゃおう。

先輩のためにもね！

「リア婆ちゃん！」

「なんだい？」

「あのねあのね、ムイちゃんはリア婆ちゃんのおむねを、じゅうぶんたんのうしたの！」

「おや」

リア婆ちゃんが楽しそう。ニヤニヤと魔王様みたいな顔で笑って、オレの次に使い魔のふたりを見た。ふたりはビックリ顔だ。

ふふふ。オレはみんなに聞こえるようにお願い事を口にした。

「だからね、つぎはせんぱいもだっこしてあげて！」

先輩たち顎が落ちたみたい。

ところでノーラって使い魔の先輩は人間の姿で、真っ白い肌に長い黒髪でとっても美人なお姉さん。黒髪がうねってて、まるで蛇みたいなんだ。

カザトリ先輩はおっきな鷲《わし》のまま。声は成人男性だから立派な大人だと思う。人型にはならないのかな。すぐに飛べるのが好きなのかもね。

「そういうことらしいが、あんたたち、抱っこされたいかい？」

「あ、いえ、わたしは」

「わ、わたしも別に」

「そうかい？」

リア婆ちゃんはニヤニヤ。んもう、悪い顔してる！

オレはリア婆ちゃんの太ももの上で立ち上がり、ビシッと指差した。

「すなおにならなきゃ！　つぎ、いつだっこできるかわからないんだからね！」

「は？」

「な、何を」

「いまなら、だいチャンス！　リア婆ちゃんがギュッとしてくれます！　ムイちゃんのちゅうも、もれなくつけるよ！」

「いや、それは」

「ちゅう……？」

リア婆ちゃんが笑うからオレは不安定。ゆらゆら揺れるし。落ち着いて！

あ、下半身を押さえてくれた。オレは尻尾も使ってなんとか仁王立ち。

「あのね、ムイちゃんも、きょうチクッとしたの」

「おや、痛い目に遭ったのかい？」

「ううん。むねがちくんとなったの」

オレは胸を押さえて、続けた。

「フランがね、プルンっていうかわいいあかちゃんを、だっこしてつれていったの。ぼうけんしゃのおしごとで、わかれてさがすためにだよ」

あの時のことを思い出してオレは悲しくなった。

フランがオレじゃなくてプルンを連れていったことに、オレはショックを受けたんだ。

「ムイちゃん、すごくかなしかったの。フランはムイちゃんよりあかちゃんをえらんだのかなっておもったんだ」

リア婆ちゃんは優しくオレの頭を撫でてくれた。黙って話を聞いてくれてる。

「ちがうって、わかってるよ。それに、じゅんいはかんけいないの」

「ムイちゃん、君は……」

「あのね。ムイちゃん、いまはいちばんしたっぱなの。ちいちゃいからね。だからリア婆ちゃんにだいじにされてるみたいにみえるの。でもね、いちばんとかかんけいないんだよ。リア婆ちゃんのつかいまはみーんな、だいじなの」

そうだよねっ？　オレはリア婆ちゃんを見た。ニヤニヤ笑ってたリア婆ちゃんのお顔がふんわり女神様みたいになってる。

オレは嬉しくなって抱き着いた。

「リア婆ちゃん、だいすきー！」

「そうかい。あたしも、ムイが好きだよ」

オレは振り返って、ポカンとしてる使い魔先輩ふたりに言った。

「いまなら、もれなく、すきもいってもらえます！」

胸を張ったオレ。リア婆ちゃんも「ははは」と笑った。


その後、オレはカチンコチンに固まった先輩ふたりを「うんしょ、うんしょ」と一生懸命押して、リア婆ちゃんにポイした。

リア婆ちゃんは手を広げスタンバイ。自らは動かない魔王様スタイル。さすがです。

でもね、そこまでいったら、どうしたらいいかは分かるよね？

オレが背中をポンと押すと、カザトリ先輩はパタタと羽を震わせながらもリア婆ちゃんにダイブ。

何かもごもご言ってたけど無事、リア婆ちゃんから「好き」をもらえました。

驚いたのはノーラ先輩。交代って時にオレが押したら蛇になっちゃったんだ！

すごい。オレ、蛇好き！　脱皮したの持ってる！　お金が貯《た》まりますようにって「破滅の三蛇ガラドス」で作ったお財布に入れてるの。

あれ、でも同族の革で作ったお財布持ってるのマズイかな？

ううん、大丈夫。だってリア婆ちゃんが持ってたお財布だもん。セーフ！

それで、ノーラ先輩は小っちゃい蛇になってリア婆ちゃんのお胸を堪能したみたい。「好き」ももらって、酔っ払ったみたいにヘロヘロになってた。

ふふー。

嬉しいよね、分かるー。


あと、オレは有言実行の男なので、ちゃんと先輩ふたりに「ちゅう」します。

カザトリ先輩はちょっと嫌がってるけど、こういうのアレでしょ？　嫌よ嫌よも好きのうち。じゃなくて、クーデレ。クールがデレるんだよね。

「もれなくついてくるので、ちゃんとします。ちゅー」

「こ、この歳になってまさか」

「そんなにいやがったら、こどものムイちゃん、ないちゃうかもだよ」

「泣いていないではないか」

「なけるよ？　なく？　なく？」

「……泣かなくてもよろしい」

「はーい」

「ムイちゃん？　お姉さんにはしてくれないのかしら？」

「するー！　ノーラせんぱい、ちゅー！」

ノーラ先輩は最初はびっくりしてたけど、リア婆ちゃんの抱擁を受けちゃうともうどうでもよくなったみたい。

オレに対してもすごく優しいの。

リア婆ちゃんの抱っこが終わると、また人型に戻ってオレを抱き上げた。

「こういうの、いいわね。後輩ってこんなに可愛いものだったなんて」

「いや、この子が特別（おかしいの）では？」

「んん？　いまなんかへんだったの」

「わたしは何も言ってない。そうだな？　ノーラ」

「ふふ、そういうことにしましょ。ねぇ、ムイちゃん。わたしはあなたを使い魔の後輩として認めるわ。よろしくね？」

「あい！」

「何かあれば言いなさいね。助けるわ」

「ムイちゃんも！　ムイちゃんも、せんぱいたちをたすけるの！」

「ふふ、ありがとう」

「だからね、よんばんめについて、リア婆ちゃんにじきそしよー！」

「あら？」

オレは有能なのだ。ちゃーんと、兄弟たちの会話を聞いていたのである！

リア婆ちゃんの四番目の息子がノーラ先輩にちょっかいかけていて困ってるっぽいのだ。

リア婆ちゃんもそれを聞かされたんだよね？　だからカザトリ先輩に言って呼び出したんだ。

チラッと見たら、リア婆ちゃんが魔王様スタイルで頷いていた。


そもそも、偵察班の使い魔から垂れ込みがあったそう。

使い魔たち、リア婆ちゃん関係の情報は常に集めているとかで、言われもしないのに息子たちについても定期的に調べていたんだって。

それ、ストーカーって言わない？

こわっ。

もちろん、オレのことも入れ替わり立ち替わり見てたらしいよ。

リア婆ちゃんが張っている結界の外からじーっと見ている使い魔たちの姿を想像すると、なんか笑っちゃう。

「あそびにきたらいーのに」

「それでは負けた気がするのだ」

「?‌?‌?　ムイちゃん、わかんない」

「そうだな。とにかく、そうやって遠くから見ていたのだ」

「ふーん」

で、オレのお昼寝の時とか、畑でお仕事してる時にやってきてはリア婆ちゃんにいろいろ報告してたんだって。

リア婆ちゃんは情報を耳に入れても、ノーラ先輩が自分から何も言わない限りは手助けしないつもりだった。

というのも、ノーラ先輩が自分でやらないと気が済まない性格だから。

「わたしの手で始末したかったのです」

「そうかい」

「しまつ?　こわいね?」

「怖い意味の始末ではないのよ。わたし自身できちんと片付けてしまいたかったの」

「そっかー。あのね、でもね、ムイちゃんはそうだんしたほうがいいとおもう」

「そうなの?」

「ムイちゃんも、かってにかんがえてめいわくかけちゃったの。だけどリア婆ちゃんは、ゆるしてくれたんだよ。ちゃんとすきって。こどもだよって。あ、せんぱいたちも、リア婆ちゃんのこどもだからね？　こどもはおやにたよってもいいの。んと、ぜんぶはダメ。そうだんごとかだったらいいんだよ。ね、リア婆ちゃん！」

「ああ。そうさ。あんたらは優秀すぎて、あたしの手なんざ要らないのかもしれない。でもね、あたしの息子が相手じゃ、やりようがなかったろ？　いつもならもっとスッパリ始末していたはずだ。そうじゃないかい？」

だから、始末って！　言い方言い方ぁ！

「リア様……。確かに、クシアーナ様を強引に切ることはできませんでした」

切るって、ナニソレ。冗談でも怖いよぉ。

「多少なら問題ないさ。あたしらの血は強いからね。みじん切りだと、さすがに難しいかもしれないが」

ていうか今すごく怖いこと言いませんでした？

みじん切りって、人に対して使っていい言葉かな？　オレもう分かんない。

「いえ。そうしたやり方では無理だったでしょう。今なら分かります。あの方に対して、わたしがすべきだったのは」

チラッとオレを見るノーラ先輩。え、何ですか。

ノーラ先輩は艶っぽく笑った。

「正直に気持ちを伝えることでした。ええ。はっきり、きっぱりと、完膚なきまでに」

「なんなら、今、言ってやるかい？」

「よろしいのですか？」

「構わないさ。とはいえ、ムイは病み上がりだ。ここじゃうるさいだろう」

「ムイちゃん、だいじょぶよ？」

「おや。目がキラキラしてる。さては楽しんでいるね？」

「えへー」

では場所を少し変えよう。そう言って、リア婆ちゃんはオレを抱き上げて部屋を出た。カザトリ先輩は胸を張り（？）ノーラ先輩は背筋ピーンでついてくる。かっこいい！

そっか、ノイエ君はこういうのが好きなんだね。

オレは可愛い枠だけど、将来はかっこよくなる予定。だったら、こういうのもちゃんと学ばないと。ピーン！

「どうした、ムイ。石になる真似かい？」

「……そうじゃないの」

おかしい。

これはちょっとずつ頑張るしかない。オレは「技を見て覚える」という鍛冶屋さんの弟子気分になることにした。

それはそうと、コナスが見当たらない。どこにいるのかと思えばプルンと一緒だった。

正確には息子たちがいる部屋にまとめて詰め込まれてた。

「コナスー！」

「ぴゃー！」

ひしっと抱き合い、再会を喜んだ。後でハスちゃんにもしないと拗ねられそう。まあ、見られてないからバレないよね。

コナスはずっとプルンが保護してくれてたんだって。

「ありがとー」

「でちゅ！」

「びっくりした？　ごめんね」

「だいちょぶでちゅ」

「ほんと？」

「えと、ちょとだけおどりょいたでちゅ。ムイちゃー、ごろーんってとんでっちゃったでちゅ」

「うちのハスちゃんがごめいわくをかけました」

「相変わらず幼児らしくないこと言ってんな」

「あ、フラン、ししょー」

「お前やっぱり師匠って思ってないだろ？」

「おもってないことないこともない、ない？　あれ？」

「分かった分かった。で、頭は大丈夫か？」

その言い方はなんか嫌なんですけど、もう大丈夫。オレはしっかり頷いた。

「そうか。いや、ポーンと飛んでいったからな。あれはすごかった。タックが血相変えてたぞ」

「あ、タックせんぱいは？」

「あいつには依頼完了の報告にギルドへ行ってもらった。オレクにも心配は要らないと伝えてもらう必要があるからな。ついでにノイエの件も上手く説明してもらう。あとは俺たち兄弟の問題だ。ムイちゃんのことを心配していたが、うちには優秀な魔法使いがいる。大丈夫だと言い聞かせておいた。また今度、顔を見せてやってくれ。先輩冒険者にな」

「うん！」

つまり、今は身内しかいない状態ってことだね。

そうです。これより魔王が召喚を行う時間なのだ！

＊　＊　＊

魔王様が息子を召喚する儀式をワクワクして待ってたんだけど、特に物々しい何かはなかった。

しょんぼり。

とっても残念。

普通、円形の召喚式みたいなのが出ると思うよね？　そんなのなかった。

リア婆ちゃんが指先をひょいっと振っただけでポンと目の前に現れただけ。ポンだよ。

つまんないの……。

「何故そんな顔なんだ」

「リスト兄ちゃん、だって、すごいキラキラしたのがあるとおもったんだもん。しゃらーんってなるの」

「でちゅ」

「プルンもおもったよね～」

「でちゅ」

「ぴゃー」

三人で「ねー」ってやってると、突然呼び出された四番目の息子が「な、なんだ！」と騒ぎ出した。

そだよね、ビックリだよね。勝手に呼び出されるんだもん。転移って怖いー。

もっと怖いのがリア婆ちゃんです。

なんか、魔王様が更に魔王様。

プルンがビクッとしたので、オレとコナスでくっついた。

「おむつ、だいじょぶ？　まおうさまのときのリア婆ちゃん、こわいもんね。でちゃっても、ふつーだからね」

「でちゅ？」

「うん。ムイちゃんもおむつにはおせわになりました」

「でちゅか。プルン、おむちゅ、もうちたくないでちゅ」

「がまんでちゅよ。あ、うつっちゃった。んと、もうちょっとのがまんだからね？」

「でちゅ」

オレたちがくっついて話していると、ラウがぷるぷる震えてる。何か聞こえるので耳を澄ませてみると――。

「おむつ、おむつか。筋肉におむつは合わないな。やはり、もちもちとした肌だからこそ似合うのか。しかし、筋肉とは正反対なのに何故こうも気になるんだ」

危険！

とっても危険！

なんだか分からないけど、超危険です‼

とりあえずオレはプルンを連れてラウからできるだけ離れた。今のところ一番安全なのは使い魔先輩のところだけど、これから修羅場になるので、次に安全な場所へ！

安全な場所！

どこ⁉

リスト兄ちゃんは真っ当ぽいんだけど、真面目すぎるんだよね。問題を解決しようと真っ只中に突入するタイプ。

フランは冒険者の師匠としてはいいんだけど、大雑把。問題発生源に何の策もなく入り込みそうな気がするの。

あ、ノイエ君は問題外。戦力外通告だよ。

実力だけならリア婆ちゃんが一番。しかし、今から修羅場を始めるのがリア婆ちゃんです。

しまった、タック先輩ー‼

一番無関係のタック先輩が一番頼りになってたなんて！

まあ、いないものは仕方ない。

オレは扉の前で微動だにしないルソーお爺さんのところへ、そそそと近寄った。

助けての合図はちゃんと伝わったみたい。メイドさんをふたり入れてくれて、オレとプルンを各自が抱っこしてくれた。ありがとー。

「あの方の筋肉思想は変わらぬものと思っておりましたが、どうやらお気持ちに変化があったようですね。ムイちゃんの心配も分かります。不肖わたくしめが、必ずやおふたりを守ると誓いましょう」

「あ、うん。ありがと」

こっちはこっちで熱い人だった。

そう言えば初めて会ったときに切腹しようとしたよね。

あれ、オレ、今気付いたんだけどさ。

もしかして変な人の発生源ってリア婆ちゃんじゃない？

……そこで考えるのを止めた。だって、背中がゾッとしたんだ。足下から冷えるみたいな。

うん。

オレたちは今、魔王様の真の力に触れようとしているところだったんだ。

さてさて、呼び出された四番目の息子の名前はクシアーナ。

超絶美人さんで、他の四人と比べるとそよっとしてる。ふにゃっ、というか。でも筋肉がないわけではなくて、細身なのにしっかりしてる。

なんで分かるかっていうと、スケスケの服を着てるから。

これ、公然わいせつなんとかになりませんか？

幸いなことに、オレは男性の裸にうっとりする性癖はない。ただただ、変態さんだーと思うだけ。

ちょっとラウに近いよね。そんなに体を自慢したいのかしら。

体を見せるところはラウっぽいね。お顔は全然違う。他の四人とも似てない。美人顔なんだ。

他の四人は男性顔でイケメン。

ていうか、リア婆ちゃんがイケメンだから当然なんだろうけど、息子全員がイケメンってていいなぁ！

オレもイケメンになりたい人生だった。


ひそかに悲しんでいると、一際高い声が聞こえてきた。

「兄様たちは黙ってて！　ママ、僕はノーラの美しい姿が好きなだけ。ちょっと型取りをさせてほしいだけなんだよ」

「そう言って、クシアーナ様はわたしの体を触ろうとしました」

「触らなければ型取りできないもの」

「ですが、ねっとりと触る必要はないのでは？　それにわたしは最初からお断りしていたのです。先日も正式にお断りするため参ったというのに、痺《しび》れ薬を盛ろうとしましたよね？」

「クシアーナ、あんた、なんてことを」

「ち、違うの、ママ！　僕はちょっとだけ形をね？　だって、触らないと分からないでしょ」

「あなたが使おうとした薬は鱗人族にとってはよくないものでした。ゆえに気付きましたが」

あ、リア婆ちゃんから発する何かが変。

温度下がってる。

パキパキいってるぅ！

「母上、少しお待ちを」

「リスト、止めるのかい？」

「いえ。ただ、ムイちゃんとプルンが怯《おび》えております」

いいえ、正確には寒くて震えてるだけです。

嘘。ごめんなさい。ちょっぴり怯えてました。だって、リア婆ちゃん激おこなんだもん！


リア婆ちゃんがこっちを向いて、スッと力を収めてくれた。ありがとうございます。

オレを抱っこしてくれてるメイドさんも落ち着いた。

隣を見るとプルンもほへーって顔。

「リア婆ちゃん、こわいねー？」

「こわわでちゅ」

「ノイエくんがおかしなことしたら、リア婆ちゃんをよんだらいいんだよ」

「よんでもいいでちゅか？」

「うん。リア婆ちゃん、いまは、まおーさまみたいだけど、いつもはやさしーよ」

「そうでちゅか。わかりまちた。よぶでちゅ」

オレたちの会話を、ルソーお爺さんもメイドさんもうんうん頷いて聞いていた。


肝心の激震地ではどうなっていたかというと。

「だってだって、綺麗なものが好きなんだもん！　本当は本物をずっとそばに置いておきたいぐらいなんだよ。型ぐらい、いいじゃないー」

「だからといって、相手も生きているのだぞ。心もある」

「僕にだって心はあるんだ。だけど大事にされなかった。兄様たちだってそうじゃないか」

「な、何を」

「クシアーナ、どういう意味だ」

「俺たちが同じってなんだ」

「わたしは弟だから関係ないな」

「ノイエもだよ！」

五人兄弟でわちゃわちゃ話してると、まあ何がなんだか分かんないよね。

オレ、段々飽きてきちゃった。

プルンも眠いのか黙ってる。時々耳がピコピコしてるの。かわいー。

チラッとカザトリ先輩を見れば、こっちも同じように飽きてきた模様。羽繕いしてる。

ノーラ先輩は当事者だったのにそっちのけにされて、はあって溜息。

リア婆ちゃんも呆れたのか、ソファにどっかと座った。さすが魔王様、迫力あるのだ。


と、そこへ、ママ呼びクシアーナ君が駆け寄った。

「ママ！　ママはいっつも出掛けていてそばにいてくれなかった。僕はパパと寂しく待っていたのに！」

「それで？」

「だから、僕はママが欲しかった！　そばにいてくれるママが！」

「そうかい。それであんたは、あたしの使い魔にベタベタ触ったってわけかい」

「うっ、うん」

「嫌がるノーラに薬まで盛って？」

「あの、だって」

「だけど、それは道理にかなってない。そうじゃないかい？」

「うぅぅ」

なんか、これ、子育て問題も関係ある？

リア婆ちゃんが子育てに関わってなかったのはオレもうっすら気付いてる。

でもね、これだけ使い魔に対して優しいリア婆ちゃんが、自分の子供に優しくないわけない。

もちろん、理由があったとしても、寂しい子供時代を送った息子たちにオレが何か言えることないよ。ないんだけどさ。

ただ、ただ言えることがある。

それは――。

「あんたが寂しかったのと、あんたがノーラにしたことは、別問題じゃないのかい？」

そうなんだよね。

「あんたが恨むべきはあたしであって、ノーラじゃない」

「別に、ママは恨んでない」

「そうかい」

「ノーラにしたことは、謝る。ごめんなさい」

「あたしじゃなくて、ノーラに謝りな」

「ノーラ、ごめん」

「はい。謝罪は受けます。でも許しません。二度と呼び出さないでください。特に、リア様の名を騙《かた》るのは言語道断です」

おおっと。爆弾投下。リア婆ちゃんの名前を使って呼び出したんだー。

結構スレスレのことやっちゃったんだな。オレはドキドキしてリア婆ちゃんの次の言葉を待った。

リア婆ちゃんは、はぁっと大きな溜息を吐くと、頭をぐしゃぐしゃに掻いた。

それから、ノーラ先輩に向かって指を振った。こっち来い、みたいな。

「はい、リア様」

「悪かったね。今後はクシアーナに一切関わらなくていい。それから、先に森の家へ戻っていな。あたしらもすぐに帰る。今日はゆっくりしていくといい」

「はっ」

「カザトリ、あんたも一緒にね」

「かしこまりました」

それからリア婆ちゃんはオレを見た。ちょいちょい指を振るから、オレもたったと走って飛びついた。そう、飛びついたのである。

「おっと。どうした、甘えたいのかい？」

「あまえたいときにあまえるのが、ムイちゃんなの！」

「おや」

「ムイちゃんはやりたいことやるの」

「だから、かえれっていわれても、いまは『いや』っていっちゃうの！」

「そうかい」

使い魔に聞かせたくない話が始まるのかなって思ったんだ。先輩たちを先に帰そうとしているからね。

だけど、オレはここにいたいから「いる」と宣言した。

リア婆ちゃんは微笑んだ。

仕方ないねって顔と、ちょっと嬉しそうな顔で。


オレは唖然《あぜん》としているママちゃんと、他の兄弟たちにも宣言した。

「わがままいっていいのは、わがままいいたいあいてのまえでだよ！　ちがうひと、まきこんじゃダメ！」

「ムイちゃん……」

「いいたいこといっていいんだもん。タダだもん。ヤなこといったらおこられるけどぉ。わがままもいっぱいだとゲンコツされちゃうけど」

ルシにゴンって叩かれたの思い出して、オレは小さくなった。でも言うのだ。

「ムイちゃんはリア婆ちゃんがだいすきー！」

みんなポカンてしてる。

「リア婆ちゃんにだっこしてもらうし、なでなでもようきゅうしちゃうし、ぼうけんしゃごっこもしてもらうよ」

ハッとしたママちゃんが叫んだ。

「自慢か！　僕へのあてつけに――」

「ちがうもん！　ムイちゃんはいっぱいわがままいうけど、ダメなときはダメっていわれれ、んんっ。リア婆ちゃんはおこったりしないもん！」

噛んじゃったけど、なんとか言えた。

ママ呼び君は目を丸くした。

「クシアナくんのちいちゃいとき、ムイちゃんはしらない。でも、いまはダメなの？」

「えっ」

「いまのリア婆ちゃんに、そばにいて、っていうのはダメなの？」

「そ、それは」

「おうちにあそびにきたらいいのに」

「…………」

「リスト兄ちゃん、よくくるよ？」

「兄様が？」

「フラン、ししょーもさいきんくるよ！」

「ええっ」

ラウが「俺も行こうかな」とか言ってて、そこは拒否したいオレです。

あ、母親に会いに行くのならどうぞ。

「ノイエくんもきたらいいし、クシアナくんもきたら？」

「わ、わたしは」

「僕も別に……」

「どして？」

「どうしてって」

「リア婆ちゃんのことさらいなの？」

「そっ、そんなこと！」

「あるわけないだろ！」

ふふー。そうでしょうとも。ふたりともリア婆ちゃん大好きだもんね？

ふたりじゃなかった。兄弟全員、リア婆ちゃんが大好き。

「ムイちゃんのだっこのじかんもいるから、みんなびょうどうにしようね！」

「いつの間にそういう話に？　だが、確かにいい案だ。さすがムイちゃんだね」

「そうだな。ま、俺も母さんと久々に組み手ができて楽しかったしな」

「なんだ、フラン。お前おふくろと組み手してもらったのか？　だったら俺もやってみたい」

「兄様たち、ずるい！」

「そうだ！　わたしだって、かか様と研究の話がしたい！」

兄弟五人がわいわい騒いでいるのを、リア婆ちゃんは目を細めて見ていた。

呆れたような、だけどどうしようもなく可愛いものを見る目。

オレには分かる。

だって、それは時々オレを見てるから。可愛いって思ってくれてる目だ。

「ムイ、ありがとよ」

呟いた声に、オレも小さな声で答えた。

「あのね？　これは、いちばんしたのこどもの、やくめなの」

こそっと内緒話みたいに。

そしたらリア婆ちゃん、目を丸くして、それから大きな声で笑い出した。

あはは、あはは！って笑うものだから、兄弟五人が驚いてリア婆ちゃんを見る。

でも段々驚くの止めて、ひとりずつ笑い出した。

上の三人が笑うと、下のふたりもなんだか分からないって顔しながら一緒に笑う。ちょっと引き攣《つ》っているね。

そのうち、笑うのが楽しくなったみたい。

オレも一緒に笑った。

ルソーお爺さんも笑ってた。

メイドさんたちは微笑んでて、プルンだけ夢の中。

コナスは短い手で体を叩いた。


その日、宰相の家から笑い声が響いて怖かったって噂が立ったみたい。

普段どれだけ静かなんだろうね。

しかもその後に、宰相の家から犬の鳴き声がずっと聞こえてたって噂もあったらしい。

実は、ハスちゃんが躾教室を脱走して戻ってきちゃったのだ。連れていったルソーお爺さんの匂いを辿って戻ったんだとしたら優秀じゃない？　ともかく、リスト兄ちゃんちで逃走劇が繰り広げられたとかなんとか。

ようやく捕まえられたハスちゃんは、リア婆ちゃんちへ送られるまでの間、しおしおだったそう。

全員お疲れ様です。

ちなみにハスちゃんが大騒ぎしてた頃、オレたちはリア婆ちゃんちで楽しんでた。転移であっという間に戻っていたのだ。

＊＊＊

リア婆ちゃんちで皆が何をしていたのかというと――。

たとえば、ある一角ではリア婆ちゃんが何故、子育てに関わらなかったのかの説明が始まり。

とある場所ではリア婆ちゃんの過去の夫たちについて語られた。

事実を知らなかった息子たちは驚いたりショックを受けたり。


小さな子には聞かせられないって追い出されたチビっ子組は、畑で遊んでた。

といっても、オレはリア婆ちゃんの使い魔です。先輩たちの話を聞いていたので、当然「情報収集」にいくよね？

なので、プルンと遊びながらも、そーっと偵察にいってみた。

それで小耳に挟んだ事実を、オレはコナスに話すことで落ち着かせた。

プルンにはまだ早いからね。

プルンが賢いって言っても、やっぱりオムツをしてる赤ちゃんです。まだまだ聞かせられるものじゃない。

プルンは偵察の結果を聞きたがったけど、ごめんね。

でちゅまちゅが卒業した頃に教えてあげる。そう約束した。

あ、でもね、全部内緒なのは可哀想だから、教えてあげられる内容なら教えたよ。

たとえばノイエ君の秘密。

主の秘密は握っておくに限るよね！

「ひみちゅってなんでちゅか」

「あのね～、ノイエくんのかっこいーものずきは、なんと、ちちおやゆずりだったの。ファザコンもあるんだね～」

「ふぁじゃこんでちゅか？」

「そうだよー。あ、おとうちゃまがすきすきってことだよ」

「でちゅか」

「おかあちゃまもかっこいーでしょ。だからあこがれてるんだよ。やさしくみてあげようね」

「でちゅ！」

「ノイエくんは、あんまりきんにくモリモリにならららかったから、かっこいーのをつくろうとしたんだって～」

「なりゃりゃ？」

「かんだだけなの。きにしちゃいけないの」

「でちゅ」

「プルンがジャイアントパンダってわかってうれしかったみたい」

「ほんちょでちゅか？」

「うん」

よかったね、ってオレはプルンの頭をなでなで。プルンは嬉しそうに頭を押し付けてきた。

かわいい！

最初はライバルって思ったけど、こんなに可愛かったらアリです！

それに可愛いのが並んでたら、二倍以上の可愛い効果が出るんじゃないかな？

可愛い効果って大事だよ。おやつがいっぱいもらえるもの。抱っこも、し放題！　甘えても怒られないからね。小さい時だけの特権、大事に使わなきゃ。

だってオレは将来、かっこいい男になっちゃうからね！


で、これで大団円になったたって思うでしょ？

そんなに上手くいったら人生は楽だよね。

オレは死屍《しし》累々の居間を見て、腕を組んで、組もうと頑張ってるところ。オレの後ろではちゃんと腕が組めてるルシが深ーい溜息を吐いてた。

「なんとまあ……。リア様まであのようなお姿に」

「嘆かわしいですな」

相槌《あいづち》を打ったのはルソーお爺さん。一緒に来ていたんだ。リスト兄ちゃんの秘書だからと言い張ってね。お屋敷ほっといていいのかな。

そのお屋敷からは自動転送装置を使ってハスちゃんがやってきた。ルシは朝からその対応で忙しかったみたい。だから今頃になって、オレと一緒に客間を見て呆れているわけ。

あと、ルソーお爺さんが偉そうなこと言ってるけど、皆と一緒に酒盛りしてたのをオレは知っているからね。顔色が悪いまま自分は関係ないって顔するの止めよう？

「ちゆまほーは？」

「自らの罪のために使うわけには参りません。戒めとして、ええ」

額押さえて言うことかな？

切腹したがる秘書さんはともかく、息子たちには治癒魔法を掛けてあげて。

「ママ、僕はママの美しい筋肉が好きなんだ」

「筋肉は嘘を吐かない」

「いつか素晴らしいパンダになった暁には献上します」

「俺はまだ見ぬ財宝を追い求めるんだ」

「母上ー、ムイちゃんに角を買ってあげましょう」

……息子たちの寝言がアレだもの。だからね、早く治してあげよ？

オレが白目になってる間、ルシは窓を開けて空気を入れ換え、テキパキと片付けを始めた。

ルソーお爺さんも一緒に酒瓶を片付けてく。

オレはルシが持ってきたタオルケットをズルズル引きずって、ソファの上のリア婆ちゃんに掛けてあげた。

リア婆ちゃんは寝言言うかしらと耳を澄ませるけど、とっても静か。

オレはソファによじ登って、リア婆ちゃんと背もたれの間に体を捻じ込んだ。

「よしよし」

頭を撫でるとなんだか嬉しそう。寝てると可愛いお顔で、起きてる時の魔王様具合と全然違う。

なんで撫でたかというと眉間に皺《しわ》を寄せてたから。寝てる時まで不機嫌そうなんだもん。

それに昨日、プルンを寝かしつけた時に、なでなでするると嬉しそうだったからね。

リア婆ちゃんだって大人だけど嬉しいはず。

起きてる時は嫌がりそうだから今やるの。


そうしていたら、ルシが気付いて目を丸くしてた。

オレは空いてる方の手でシッて合図。内緒だよ。

ルシは変な顔した後、そうっと部屋を出て行った。ルソーお爺さんも一緒に。

オレは小さな手でリア婆ちゃんをなでなで。

「リア婆ちゃんはがんばってて、えらいー。いいこいいこ。リア婆ちゃんは、はくりゅうさまで、リアさまでしょー。ははうえに、それからおふくろと、かあさん。ママと、かかさまも。そうだ、それとリアママだもんね。いっぱいやくめがあって、たいへん。だから、いきぬきだいじ。わかるー」

リア婆ちゃんの体が重くなった。ふかーく寝たのかな。オレのなでなでテクニックのおかげかも。


あのね、リア婆ちゃんは神竜族で、神様なんだ。神様みたいな、じゃなくて神様だったんだよ。

ずーっと世界を守るお仕事してたの。

今は後進の人（神？）に任せてるんだって。でも、まだまだ力が弱いみたい。

だから時々「助けて」って呼ばれる。

とっても大変なお仕事だけど、リア婆ちゃんは弱音を吐かないの。誰にも言わなかったから、息子たちも「真実」を知らなかった。

今、リア婆ちゃんが山奥に家を建てて懐古主義みたいに暮らしているのは、ゆっくり休みたいから。

ここで英気を養ってる。

子供たちも大きくなって使い魔も育っちゃったから、残りの神生をのんびり過ごしたかったんだって。

まさか息子たちがここまで拗らせてるとは思ってなかったらしいよ。

夫たちが「ちゃんと育てている」という話を信じていたんだ。ていうか、当時はそれどころじゃなかったみたい。神様としてのお仕事が大変だったそう。聞き耳を立ててたオレにはところどころ理解できなかった。でも、リア婆ちゃんの説明を補足するルシやルソーお爺さんが、しみじみ語っていたからね。

そもそも、大人の事情の方もオレにはよく分からなかった。

リア婆ちゃん、忙しすぎて結婚とか子供とかは考えていなかったっぽいんだ。そこを夫たちに懇願されて子供を作ったみたい。

えっと、逆ハーレム？

すごいよね。

とにかく、リア婆ちゃんは大変だった。

そんな事情を知った子供たちは反省し、仲直り（？）となったんだ。

だからって全部が上手くいくわけじゃない。

オレたち幼児組が寝てからも、お酒を飲みながらわいわいがやがやと話し合ったんだろうね。

朝、ルシが気にしていたからオレも一緒にお部屋に入ったんだ。本当はハスちゃんの受け取りよりもリア婆ちゃんのお世話をしたかったと思う。躊躇《ちゅうちょ》したのは家族団欒《だんらん》とは言い難い時間の後だから。

そこにオレ登場。オレ、癒やし係だからね！

こういう時に「可愛い」を使わずして、いつ使うの、だよね。

プルンは置いてきた。だってまだまだ赤ちゃんだもん。いっぱい寝ないとね。それに、この部屋はお酒臭い。赤ちゃんにはダメ。

コナスも置いてきたよ。こっちはハスちゃん対策。ほら、戻ってきてしまったから。無事、足止めしてくれることを祈る！

お酒臭い中、オレは足が痺れても座ったまま、リア婆ちゃんを抱っこし続けた。

頭しか抱っこできないけど。

角がちょっぴり当たって痛いけど。

「だいじょぶよー。ムイちゃんはリア婆ちゃんがどんなでもすきだからねー」

なでなで、よしよし。

「ムイちゃんのね、まえのとき、どんなでもずっとすきっていってもらったの。ムイちゃんベッドからでれれなかったけど、いっつもだれかがいてくれたんだー。みんなよりはやくしんじゃったけど、しあわせだったの。どんなムイちゃんでもすきっていってもらったからだよ」

だからね、リア婆ちゃんも大丈夫だよ。

今は息子たちに拗ねられてても、きっと分かる時が来る。オレ、知ってるよ。

だって、オレも後になって気付いたことがいっぱいあるからね。

姉ちゃんたちがどれだけオレを大事に思ってくれてたか。父さんも母さんもだよ。お爺ちゃんはちょっぴりデリカシーないけど、お爺ちゃんなりにオレを守ってくれた。

みんながオレを好きだった。

それぞれの好きをオレにくれたんだ。

オレ、当時は返せなかったけど。

今こうして幸せに生きてるならいいんじゃないかな。

今、生きてるリア婆ちゃんたちも、いつか和解すると思う。

わだかまりがあっても、そんなの生きてたら問題なし。

ちゃんとお話したらいいんだよ。

昨日はその一歩。

これからも一歩ずつ。

「えらいねー、かっこいーよ。きんにくもモリモリ。ムイちゃんをだっこしてブラブラできるもんねー。さすがー」

あ、そうだ。筋肉は褒めないといけないんだったっけ。テレビでやってた。確か、掛け声があったはず。

うーんと、なんだったかな。

「ナイスバルクー。うでがゴリラー。あとはー、キレてるよー、だっけ。まって、きんにくがキレるの？　わかんないなあ」

「ぶふっ」

「あれ？」

リア婆ちゃんの顔を覗き込むと、目は瞑ってるけどお口がもぞもぞしてる。

「あ、おきちゃった」

「ふふ。耳元でボソボソ喋っているからね」

「うるさかった？」

「いいや。小鳥の鳴き声のように心地よかったよ」

「うふー」

なでなですると、リア婆ちゃんは少しだけ頭を動かしてオレを見た。

「そうやって撫でてくれていたのかい？　疲れたろう」

「ううん。たまには、ムイちゃんがいいこいいこするの」

「そうかい」

「おとなになっちゃうとしてもらえないもんね」

「ああ、そうだね」

「だからー、ムイちゃんがやってあげるの！」

「そうかい」

「ほかにしてほしーこと、ありませんかー？」

「そうだねぇ。ムイの尻尾をギュッとしたいね」

「ムイちゃんのしっぽ！」

分かる、分かりますよ。この尻尾はとってもモフモフで気持ちいいからね！

オレも毎晩お世話になってます。

「いいよ、どうぞー。あっ、つよくはダメだからね。リア婆ちゃんにほんきでつかまると、ムイちゃんのしっぽはちぎれれちゃうの」

「あはは、そんなことはしないさ」

「んー。わかった。そっとだからね？」

「ああ。そっとだね」

オレはもぞもぞと位置を変えて、尻尾をリア婆ちゃんに向けた。

リア婆ちゃんはギュッとしたいと言った割には抱き着くでなく、やんわり撫でるだけ。

そんなのでいいの？

オレの尻尾のポテンシャルはそんなものじゃないよ？

なので、ポフッと動かしてみた。

「おや」

「ムイちゃんのしっぽ、あそんでほしーみたい」

「ふふ、そうかい」

「あー！　しっぽがにげようとしてます！」

「よし、じゃあ捕まえようかね」

「きゃー！」

オレたちがキャッキャと騒いでいたら、いつの間にか「ぐすっ」とか「ぐふ」って声が聞こえてきた。

あれ？　と思って見ると、息子五人が起きてた。

起きて泣いてる。

どしたの。

ハッ。もしかして、また嫉妬？

んもう！

オレはね、ひそかに落ち込んでるリア婆ちゃんを慰めてただけなの！

盗《と》ったわけじゃないからね？

そう思ったけど、今はほのぼの尻尾タイムです。

せっかく楽しい一時だから、オレは大人になるのだ。

大事な大事な尻尾だけど仕方ないので触らせてあげよう。

「リア婆ちゃん、ちょっとまっててね。ムイちゃんのしっぽ、むすこちゃんたちにもおすそわけしてくるから！」

「そうかい」

「ん！」

リア婆ちゃんが起きたので、オレも起き上がってソファから降りようと……。

したんだけど。

ゴロンって転がっちゃった。

「しびびび」

「ああ、足が痺れたのか。びっくりしたじゃないか」

「リア婆ちゃぁん、しびび、なおらないの」

「よしよし。お待ち。ほら、これで治ったろう」

人差し指でひょいっとすると、痺れが治った。よかった。

「うん、だいじょぶみたい。ありがとー！」

お礼を言って、たったと走って息子たちのところに。

まずはリスト兄ちゃんから。

「ううう、ムイちゃんが優しすぎる」

「あの？」

まだなでなでもしていないのに、もう優しいとか言ってる。変なリスト兄ちゃん。

でも大体いつもこんななので、オレはソファによじ登って上から頭を撫でてあげた。

それから尻尾をどうぞってする。

リスト兄ちゃんはまた泣いてしまった。


その後、すごく嫌だけど、ラウのところに。ラウは泣いてなかったけど、大きな手で額を押さえて蹲《うずくま》ってた。まだ二日酔い？

「しっぽ、ちょっとならなでてもいーよ？」

「ああ。ムイちゃん、ありがとうな」

「うん？　いいよ。でもだいじなしっぽだから、そっとだよ？」

「ああ」

よく分かんないけど、今のラウは普通の人だった。

そんなに尻尾触りたかったのかな？

今度から意地悪しないで、少しだけ相手してあげようっと。


フランは笑ってオレを受け止め、尻尾ごとギュッと抱き締めてきた。

目が赤いのは二日酔いのせい？

「ムイちゃんはすごいな」

「そお？」

「ああ。ムイちゃんはとても強い男だ。お前が一番かっこいいよ」

「ほんと!?」

「嘘じゃないぞ。俺はムイちゃんのかっこいいところを見たからな」

「えへー！」

尻尾を触らせてあげただけでかっこいいと言われるなんて！

それだけ尻尾が偉大だってことに気付いたんだね。

うむ！


次にクシアナ君のところへ行ったんだけど、なんか超泣いてる。

べしょべしょして子供みたいに袖で涙を拭いてるの。

オレはお尻のポケットに入れてたハンカチを取り出して、渡した。

でも受け取らないし、泣くのも止めない。

うーん。そっか、小さい子だと思えばいいんだ！

オレはハンカチでクシアナ君の顔を拭いてあげた。

「ぐいぐいー。ん。きれいになった。おかお、きれいよ？」

「……ムイちゃん。ありがとう」

「ううん。えっとね、ムイちゃんのしっぽは、せいしんあんていざいだよ。とくべつに、さわらせてあげる」

「いいのかい？」

「いいよ！」

クシアナ君はそうっと尻尾に触ると、じいっと見つめた。もふっ、もふっ、と掴んではうっとりしてる。

「綺麗だ」

「ムイちゃん、まいにちおていれしてるもの」

「偉いな」

「えっとね、ここだけのおはなしね。だっこしてねちゃうと、たまによだれがついちゃうの」

「よだれ？」

「あっ、ちゃんと、あさもあらってるからね？　ルシがかぜのまほーでふわふわにしてくれるの。よるはね、ルシがおていれのオイルぬってくれるんだよ。しっとりふわふわー」

オレの説明に、クシアナ君は笑った。

それから尻尾をとても大事そうに撫でてくれた。

「ムイちゃんは、自分の尻尾にも愛情を注いでいるんだね」

「そうだよ。だってムイちゃんがムイちゃんをすきじゃないと、ムイちゃんのことすきってもってもらえないよ？」

クシアナ君は顔をクシャッとさせて泣き笑いみたいになった。

それからフランがしたみたいに尻尾ごとオレを抱き締める。

なんか情緒不安定？

オレ、心配になってきた。大丈夫かしら。


心配してるのに、クシアナ君は気にせず、抱っこしていたオレをノイエ君に渡した。

そんな荷物みたいに。

でも、ノイエ君もやっぱり大事そうに受け取ってくれたのだ。ほんとにどしたの？

「ムイちゃん、わたしも『ムイちゃん』と呼んでいいだろうか」

「う、うん。いいよ」

「ムイちゃんは兄さんが言ったとおり、強くてかっこいい男だった」

「う、うん？」

頭打ったのかな？

オレの心配を余所に、ノイエ君はオレをぎゅうぎゅう抱っこして叫んだ。

「わたしも、かか様を支えると誓おう！　少しでもお力になれるよう研究を重ねるつもりだ！」

「あ、はい」

何宣言？

オレは呆然《ぼうぜん》としたまま、このぎゅうぎゅう抱っこがノイエ君でよかったなーって思った。もしラウだったら、オレは潰れ饅頭になってた……。


あ、待って。

ノイエ君でもマズイかもしれない。

実が出そうなの。

「ノイエ、少し力を緩めておやり」

「ハッ！　そ、そうだった。ムイちゃんはまだ赤ちゃんだったね」

「ムイちゃん、あかちゃんはそつぎょーしたの」

「ふふ、そうか」

「プルンはあかちゃんだよ」

「そうだな。うん。いろいろ、考えよう。そうだ、ルシに教われればいいんだな」

「こそだてじゅちゅはルシがいちばんだもんね！」

「ああ。そうしよう。それから」

ノイエ君はオレを見て、にこっと笑った。

「プルンとどうか、友達になってくれないか？」

ノイエ君、いい人になったみたい。

オレもにこっと笑った。

「あのね。じつはムイちゃんとプルンはもうおともだちなの」

「そうだったのか」

「きょうはね、いっぱいあそぶおやくそくもしたんだよ」

「何をして遊ぶのかな？」

「んーとね。ハスちゃんとおいかけっこでしょ。はたけのみまわりに、どろんこあそびもするよ」

「そ、そうか」

「おふろであわあわもするよ。あとはー」

お手伝いの方法も教えてあげたいし、偵察の練習も大事。

なんたってオレたちは使い魔だからね！

遊びながら覚えるんだよ。

「おうちのたんけんもして、かいだんすべりもするの」

「階段滑り？　危険じゃないのか？」

「おっきなじゅうたんにすわってやるんだよ。したことない？」

「……ないな」

「えー。かいだんのてすりをのぼるのは？」

「ない」

そしたら他の兄弟も参戦してきた。

「わたしはルソーに禁じられていたから遊びらしい遊びはしたことがないな」

「兄貴はそうだろうな。俺は親父が冒険者だからか、豪快だったよ。木登りや崖登りは当たり前だ」

リスト兄ちゃんとフランに続いて、今度はラウが話し出す。

「俺たちのところは放任主義だったな。俺は剣を振るのが好きだったからそればかりだ」

ラウとノイエ君は同じ父親なんだって。他の兄弟はそれぞれ違う。

不思議なんだけど、リスト兄ちゃんの父親は元将軍。父親の後は継がなかったんだね。

ラウたちの父親は剣士で、強さを求めてリア婆ちゃんと結婚したみたい。なのに育児放棄しちゃったという残念な人だ。ラウは途中からリスト兄ちゃんと同様、ルソーお爺さんに育てられたんだって。

ノイエ君はラウとルソーお爺さんが育てたそうだよ。可哀想に思って甘やかしたらしい。

「兄さんは剣バカだったからね。わたしは家の中で本を読んでいたよ」

「僕はパパがあちこち連れ回すから遊んだ覚えがない」

「クシアーナの父親は芸術に煩かったよな」

ママちゃんの父親は芸術家。

「うん。美しいものを探す旅だったね。でも、一番美しいのはママだって言ってたよ」

みんなが小さい頃の話をする。どんな遊びをしたのか。どうやって過ごしたのか。

それから、何故かオレがやる遊びを見たいと言い出した。

別にいいよ。それに提案がある。

「じゃ、いっしょにあそぼー！」

だよね？

＊＊＊

プルンを起こして、ハスちゃんを落ち着かせ、コナスはオレのポケットにイン！

不安そうなルシを「だいじょーぶ！」と説得し、全員でかくれんぼを始めた。

全員だよ。もちろん、リア婆ちゃんも一緒。

意外にもルソーお爺さんがやる気になっているのが面白かった。

幼児組にはハンデをもらって余分に数を数えてもらう。もちろん魔法は禁止。

「じゃー、はじめー！」

オレの宣言で、大かくれんぼ大会が始まった。


実はオレには秘策がある。オレは何事にも真剣になる男。何の策もないまま大人を相手に、かくれんぼなんて提案はしないのだ。

プルンには可哀想だけど、今はライバルなのでね！

さて、オレの秘策その一を呼ぼう。

「ハスちゃーん」

「わぉん」

「うむ。いいかね？　ハスちゃんはかくらんがかりだよ。みなさんのにおいをかいで、おいたてるように」

「わぉん‼」

「コナスはスパイがかりだよ。みんなのようすをみていてね！」

「ぴゃ！」

尻尾が飛んでいきそうなほど激しく振るハスちゃん。戻ってきてすぐはオレから「もう離れないぞ」って感じだったのに、今はいつも通り。

楽しそうにぶんぶん尻尾振ってる。

「よし、れっつごー！」

「わぉぉぉん‼」

コナスを頭に乗せたハスちゃんが走っていくのを確認すると、今度は空を見上げた。

秘策その二です。

「カザトリせんぱーい！」

「ここだ」

「やったー！」

「こらこら、声を控えないとダメだろう？」

「そうだった」

オレは手で口を押さえ、急いで建物の陰に隠れた。

うむ。

大丈夫。幼児が逃げるため、時間はたっぷり取ってもらっているのだ。

最初の鬼はフラン。オレが指定した。何故って？　フランが一番空気が読めるからだ。リア婆ちゃんは優しいけど、手心を加えるタイプじゃない。ルシは生真面目なので不正とかしそうにないでしょ。

そういう感じで仕分けていくと、フランが一番だったのだ。ふふふ。

オレってば頭脳派じゃない？

「ムイちゃんよ、では掴むぞ？」

「うん！」

やっちゃってください。


オレは空を飛んだ。本当は屋根の上に運んでもらうつもりだったけど、あんまり気持ちいいから！

「わーい！」

「ははは。最初呼ばれた時は一体なんだと思ったが。まさか、遊びのためとは」

「ムイちゃんのおしごとはあそびですー」

「そうだったね。まだまだ遊び盛りの幼子だった」

カザトリ先輩は、もし何かあったら呼んでいいと、オレに笛をくれたんだ。魔法の笛だって。リア婆ちゃんなら魔法でちょちょいのちょいって呼べるけど、それ以外の人には難しいからね。

笛は仲良しの人に配ってるらしい。仲良しっていうか、連絡専門の使い魔たち？

それを早速、使わせてもらった。

みんなが遅い朝ご飯を食べてる間にこそこそとね。準備万端、オレ偉い。

「ねえねえ、カザトリせんぱいもたのしー？」

「ああ、楽しいぞ」

「ふふー」

「ムイちゃんといるとワクワクとした気持ちになる。何故だろう」

「なんでだろーねー」

上空の高いところをシューって飛んでいると、下の方で誰かの声が聞こえた。

「あんなところにいたぞ！」

「どこにもいないと思ったら！」

みんなが集まって見上げてる。

おーい！　って手を振ったら、カザトリ先輩が笑った。

「あまり激しく動くと落としてしまうぞ」

「ええー!?　ムイちゃん、しずかにしてます」

「そうしなさい」

その後、下から「危ないから降りておいでー」って声が聞こえたのもあって、カザトリ先輩が徐々に降下。

お空の旅はあっという間に終わってしまった。残念。


それで地面にシュタッと降り立ったら、みんなに怒られちゃった。

「屋敷中を捜し回ったんだぞ！」

「魔法を使っても見当たらないし」

「まほーはきんしだったのに」

「ムイちゃんが消えたからだよ」

「かくれんぼをしようと提案したのはムイちゃんだったのに」

「プルンが泣いていたぞ」

「犬が血相変えて捜していたな」

「ハスちゃんってよんであげて」

みんな入り乱れての会話で何が何やら。

その間、リア婆ちゃんはルシが用意した椅子に座って楽しそうに笑ってた。

こういう時でも魔王様スタイル。さすがリア婆ちゃんなのだ。

でもなんであんなに偉そうに見えるのかな。

椅子？　椅子かな？　肘置きあるから？

リア婆ちゃんを観察してたら、プルンたちがやってきた。騒ぎに気付いて家の中から出てきたみたい。

プルンは家の中を捜してたんだね。

「ムイちゃー！」

「プルンー！」

「わぉぉん‼」

「ぴぇやー」

最後なんか変な叫び声。目を凝らして見ると、ハスちゃんの頭の上にコナスがいた。なんか騎乗スタイルが危険。両手でしっかり頭の毛を掴んでるけど、風速何メートル？　飛ばされちゃう！

それにそのままだと、またオレにぶつかっちゃう。

「ハスちゃん、ストップ、とまってー」

「わぉんっ」

直前で急ブレーキからの、ドーン！

咄嗟に目を瞑った。でもオレの体はなんともない。

あれ？

辺りを見回すとハスちゃんが跳ね飛ばされたみたいになってて、コナスが飛び上がってピューンと……。

なったところをカザトリ先輩がぱくっと咥えて助けてくれた。

よ、よかった。

たぶん、無事。

「ぴゃ……」

「ごくろうさまです」

「ぴぇ」

何があったのかと思ったら、リア婆ちゃんが透明の壁を作ってくれたんだって。オレを守るために魔法でちょちょいのちょょいとやってくれた。すごい！

ノイエ君が「今後は自動で発動させるか」と、ぶつぶつと呟いてる。変人っぽい様子を除けば、有り難い話。ただ、弾き飛ぶのがオレからハスちゃんに代わるだけってところが問題。そこらへんをぜひ解決して。

ハスちゃんはまたもルソーお爺さんに叱られ、皆と別行動になってしまった。このままだと帰るに帰れないんだそう。ルシも申し訳ないって、一緒に躾するらしい。

頑張れハスちゃん。

オレたちはまた、かくれんぼを再開した。

プルンがオレがいなくて寂しかったみたいだから、ちゃんとしたかくれんぼをしたよ。

午後はいっぱい遊んでプルンは超いい笑顔。皆も楽しかったみたい。

カザトリ先輩は見張り役をさせられてた。オレが何かしでかさないか心配なんだって。言い出したのがクシアナ君とノイエ君だったので、もしかしてオレたちもう和解済み？

つまり仲良くなったってことで、嬉しい！


仲良くなったんだから裸のお付き合いもオッケーだよね？

「おふろはいろー」

「はいるでちゅ」

と、お誘いしてみた。大人を誘うのは溺れた時の救助要員って意味と、あわあわ作ってほしいから。

ルシはまだハスちゃんの特訓中。オレのお世話は無理なのだ。

リア婆ちゃんだと豪快すぎるのでダメ。リア婆ちゃん、オレが溺れてても遊んでると勘違いして見てたからね……。

うう、思い出したらぶるっとなっちゃった。

てことで、お風呂に入ります。

「うひー。きもちーねー」

「でちゅ」

「プルンのしっぽ、しろくてちっちゃいね」

オレは「可愛いね」のつもりで褒めたのに、何故かプルンがしょんぼりしちゃった。

オレのを見て、またしょんぼり。

あっ、あっ。

オレは慌てて慰めた。

「お、おとこはね、しっぽのよしあしじゃないの」

誰かがブッて噴き出してる。お風呂の中だと響くので丸聞こえなんだからね？

「でちゅ？」

「うん。やさしくて、つよくて、あとはだいじなひとをまもれたらいいの」

「はいでちゅ」

「ちっちゃくても、かっこいーおとこになれるからね？」

「でちゅ！」

「そうだな、ムイちゃんも小さいのにかっこいいもんな？」

「ちいさいのにはよけいなの」

「おま、さっき自分で――」

「フランはだまってて！」

「はい」

オレはプルンの黒いお耳をツンと突いた。ピコピコ動く耳が可愛い。

「ジャイアントパンダのプルンはしょうらい、かっこいくなるのがやくそくされてます」

「あいつ、またなんか言い出したぞ」

「しっ。黙ってなさい、フラン」

「そうだぞ。面白いから黙ってろ」

「わたしのプルンはかっこいいのが約束されているのだ」

「ノイエ、うるさいよ。僕は水に濡《ぬ》れたムイちゃんの尻尾を観察しているんだ。静かにして」

外野がうるさいなぁ。

オレはジロッと見回し「だまってて」って目で合図した。

それからプルンをなでなで。

「かっこいーって、かくやくされたみらいがあるけど、じつはね『かわいさ』もおとこにはだいじなんだよ」

「かわいいちゃでちゅか？」

「そう」

姉ちゃんたちの教えは、今のオレにも受け継がれています。姉ちゃん、そうだよね？

イケメンの同僚や同級生がふとした拍子に見せた「可愛い」。それに惚《ほ》れると話していたよね？

「ほおお！」

「おんなのひとはね、おとこのひとのかわいさにもひかれるの。だから、とってもだいじ」

オレ、何度も聞かされたから、分かります。

「プルンのおみみはかわいいでしょ？」

「はいでちゅ！」

「しっぽもちっちゃくてかわいい！」

「でちゅ！」

「ぽてっとしたまるいからだも、もふっとしたからだも、さいこう！」

「ムイちゃー！」

「プルンー！」

ぎゅぎゅっと抱き合っていると、また後ろで誰かがボソボソ。

犯人はラウです。

「オムツ姿もいいが、丸い尻尾もいいな。そうか、あれは可愛いんだな。なるほど、俺は可愛いものに飢えていたのか」

「ラウ、子供が欲しくなったのか？」

「そうだなー。それもいいな」

「まずは結婚相手を吟味することだ」

「兄貴が先に結婚だろ」

「兄さんたちに結婚は無理じゃないかな」

「お前に言われたくない」

「僕はノーラみたいな綺麗な人がいいな」

「お前はノーラに嫌われているだろ。よく名前を出せたな」

「だって」

なんか、この兄弟はずっとこんな感じなんだろうな。

お風呂遊びの役にも立たないし、オレはのぼせる前に湯船から出た。プルンはフランに抱き上げてもらう。

「あのひとたちはほっとこー。あわあわはこんどしよーね」

「はいでちゅ」

「あのね、おそとでたら、おいしーものがあるよ」

「おいちいの？」

「うん。ムイちゃんがていあんして、おふろばにせっちしたれいぞーのまどうぐがあるの。そこに、なんと！」

「にゃんと！」

フルーツ牛乳です！

コーヒー牛乳も美味しいんだけどね、お子様にはフルーツ牛乳の方がおすすめ。

もちろん、いちご牛乳もあるよ。だけど、たくさんの種類が入ってる方が美味しい気がする。


オレたちはふたりで脱衣所に向かい、タオルで互いに拭きっこした。

それから急いで冷蔵庫から瓶を取り出す。

ルシに話して、リア婆ちゃんに作ってもらった軽い牛乳瓶だよ。

蓋をペコッと外して。いざ！

「おいちぃ！」

「でしょ？」

ぷはーっ！とふたりで息を吐いたら、気になったらしい大人五人が出てきた。

目敏《めざと》く牛乳瓶を見付けて、わいわい大騒ぎ。

もう、子供みたいなんだから！

「ちゃんとならんで！」

オレが怒ると素直に従う大人たち。年齢順にちゃんと並んで、おとなしく瓶を受け取る。

なんだか、おかしいの。

オレが笑うとプルンも笑った。

大人五人も「美味しいな！」なんて言いながら笑ってる。素っ裸でだよ。


これがオレの兄たちかぁ。そうだよね？　だって、リア婆ちゃんがオレも子供だと言ってくれたんだもん。

前世では姉ばっかりだったのに、今生では兄ばっかり。おかしいの。

だけど楽しい。

姉ちゃん、オレ、生まれ変わって幸せだよ。

約束したよね？

『俺、来世では健康で長生きして幸せになるから、泣かないで』

今、そうなってる。

長生きになるかどうかはまだ分かんないけど、リア婆ちゃんの使い魔になって寿命は延びているそうだからね。

それにとっても健康。毎日、ルシに笑われるぐらい走り回ってるよ。

前世ではできなかったことだよね。

あとね、プルンという弟分もできたの！　兄だけじゃなくて弟だよ。すごくない？　だから安心して。泣かなくていいんだよ。オレ、とっても幸せだから。

「これも美味いが、どうせなら風呂上がりに酒を飲みたいな」

「酒で割ったらどうだ」

「お前たち、無粋だろう？」

「かか様がせっかく用意してくれた飲み物だぞ」

「ママのお手製、いいな。瓶の形が独創的でこれもいいよね」

どうしようもない兄たちだけどね！


心配したルシが途中で覗きにきた。オレたちを見てホッとした顔になる。

それからちゃんと拭えてないオレとプルンをバスタオルでふきふき。

終わったら、風魔法でふわっふわにしてくれた。

「プルン、ふわふわー」

「ムイちゃーもふぁーふぁー！」

抱き合ってるうちに転がって、廊下をころころしてたらリア婆ちゃんもやってきた。

「あんたたち、あたしの部屋にまで楽しそうな声が聞こえてきてたよ」

「えへー」

「たのちいでちゅ！」

「そうかい。それで、大の大人のあんたらはどうだったんだい？」

オレが振り返ると、素っ裸の大人五人が廊下にいた。ルシは呆れ顔でその後ろから顔を見せている。

息子たちは顔を見合わせ、それから頭をかきかき、リア婆ちゃんに答えた。

「こんなに楽しい時間は初めてです」

「ああ、楽しかった」

「俺も童心に返った」

「僕も楽しかったな」

「わたしもです」

「そうかい。だったら、よかったよ」

リア婆ちゃんはオレを見て微笑んだ。それから息子五人に目を向ける。

「あたしも楽しかったよ。こんなに楽しいんだ。また、おいで。ムイが喜ぶだろうさ」

「リア婆ちゃんは？」

「ああ、そうだね、あたしも、あんたらが楽しんでる姿を見るのが楽しかったよ」

リア婆ちゃんはオレを抱っこして、ほっぺにちゅうをした。

ありがとうのちゅうみたい。
オレは好きのちゅう。

下でプルンが指を咥えてオレたちを見ていた。だからリア婆ちゃんの服をクイクイ引っ張った。リア婆ちゃんはすぐに気付いて、プルンをもう片方の手で軽々抱き上げた。
そしてプルンにもちゅうをしてあげる。

その後、息子たちにもちゅうを——。
したかどうかは、また今度！

あとがき

初めまして、小鳥屋エムと申します。

このたびは「ちびもふムイちゃんの目指せ冒険者への道」をお手にとっていただき誠にありがとうございます。

こちらはモフモフ好きのわたしが、子レッサーパンダの可愛さを知って以来、どうしても書きたいと考えて出来上がったお話です。小さな子が頑張る物語も好きでしたし、当時は殺伐としたお話を書いていたため、ほのぼのとした内容にしたかった。そこで生まれたのがムイちゃんです。

とにかく楽しくてスラスラと書けました。モフモフはいいですね。可愛い姿を一人想像しながら書いたのを覚えています。今回こうして書籍化していただけたことで、想像したモフモフがイラストになりました。そう、最高のムイちゃんが出来上がったのです！

担当してくださったのは、わたあめ先生。

素晴らしいイラストの数々に毎回感動しました。キャラデザが上がってきた時の驚きは今でも覚えています。

とにかくムイちゃんが可愛い。可愛すぎた……。

わたしはこれを見たかったんだ、と思いました。

頭の中でこねくり回していたムイちゃん像が、ここでピタリとハマりました。すごい。しかも、わたあめ先生はイメージ以上のムイちゃん（と皆さん）を描いてくださったのです。

カバーの敬礼ムイちゃんも良きでした。コナスが小さな容れ物に入っているのも可愛いし、ハスちゃんは尻尾ふりふりで性格が分かっちゃうし、リア婆ちゃんの筋肉モリモリ具合と偉そうな感じが最高に好き。

口絵のムイちゃんもですが、どれもクォリティが高すぎて毎回変な声が出ました。

わたあめ先生、こんなにも素敵なイラストをありがとうございます！


最後になりましたが、お買い上げくださった皆様に心より感謝申し上げます。

編集さんならびに校閲さん、今作に関わる全ての方々にもお礼申し上げたいです。

本当にありがとうございます。

ムイちゃんが少しでも皆様の癒やしになれたら嬉しく思います。

またどこかでお目にかかれるよう今後も精進して参りますので、どうぞよろしくお願いいたします。

小鳥屋《ことりや》エム

ちびもふムイちゃんの目指せ冒険者への道
～優しい家族に囲まれて2度目の人生も幸せです～

2024年10月25日　初版第１刷発行

著　者　小鳥屋エム

発行人　菊地修一

発行所　スターツ出版株式会社

〒104-0031　東京都中央区京橋1-3-1　八重洲口大栄ビル７F
TEL　03-6202-0386（出版マーケティンググループ）
TEL　050-5538-5679（書店様向けご注文専用ダイヤル）
URL　https://starts-pub.jp/

印刷所　大日本印刷株式会社

ISBN　978-4-8137-9375-5　C0093　Printed in Japan

［小鳥屋エム先生へのファンレター宛先］
〒104-0031　東京都中央区京橋1-3-1　八重洲口大栄ビル７F
スターツ出版（株）　書籍編集部気付　小鳥屋エム先生

定価：1320円（本体1200円+税10%）　ISBN 978-4-8137-9132-4